岩波文庫

32-622-2

ワーニャおじさん

チェーホフ作
小野理子訳

岩波書店

Антон Павлович Чехов

ДЯДЯ ВАНЯ

СЦЕНЫ ИЗ ДЕРЕВЕНСКОЙ ЖИЗНИ
В ЧЕТЫРЕХ ДЕЙСТВИЯХ

1897

初演の年(1899年)のプログラム

凡　例

一、テキストはナウカ版『A・P・チェーホフ全集』全三〇巻の第一三巻（モスクワ、一九七八年）に拠っている。

二、訳註は＊を付して直近のページに掲げた。

三、人名表記はできるだけ短く、なるべく一人一つにしている。また日本語としてなじみやすいように訳し分けたものもある（例えばヴォイニーツキイはソーニャ以外の多くの人から「イワン・ペトローヴィチ」と名と父称で呼ばれるが、年上の義弟セレブリャコーフが呼んだ場合は「イワン君」、乳母が使った場合は「イワン旦那さん」というように）。

ワーニャおじさん

四幕の田園生活劇

登場人物　（★印は女性）

セレブリャコーフ（アレクサンドル・ウラジーミロヴィチ）　退職した教授
エレーナ・アンドレーヴナ★　その妻、二十七歳
ソーニャ（ソフィア・アレクサンドロヴナ）★　教授と先妻のあいだの娘
ヴォイニーツカヤ（マリーヤ・ワシーリエヴナ）★　三等文官未亡人、教授の先妻の母
ヴォイニーツキイ（イワン・ペトローヴィチ、ワーニャ）　その息子
アーストロフ（ミハイル・リヴォヴィチ）　医者
テレーギン（イリヤー・イリイチ）　没落地主
マリーナ★　年とった乳母
下男

セレブリャコーフの田舎屋敷での出来事である。

第一幕

庭園。テラスつき邸宅の一部が見える。小道の白楊《トーポリ》*の老木の下に、茶の支度のできたテーブル。数脚のベンチと椅子。ベンチのひとつにギターが置いてある。テーブルから少し離れてブランコがある。——午後二時すぎ。曇天。

乳母マリーナ(病身らしくふとって動作のにぶくなった老女)がサモワール**のそばに掛けて靴下を編んでいる。アーストロフが周辺を歩きまわっている。

* ポプルス属の落葉高木。わが国でポプラと呼ばれる枝の直立する種類だけでなく、ヤマナラシ、ドロノキに近いものも多い。夏に木陰を作り、裏が白い葉を、風にさらさらと優しく鳴らすので愛される。白樺よりやや暖地を好む。

** ロシア特有の金属製湯沸かし器。下部に炭火を入れて上部の釜で湯を沸かしつつ卓上に据える。コックをひねって熱湯を急須《ポット》や茶碗にそそぐ。大きく重いから、支度してテーブルまで運ぶのはおおむね下男の仕事。

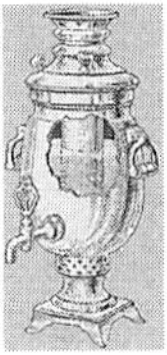

マリーナ　（コップに茶を注《つ》いで）先生、さ、どうぞ。
アーストロフ　（気のすすまぬ体《てい》でコップを取る）あまり欲しくないんだ。
マリーナ　じゃウォトカを一杯いかがです？
アーストロフ　いいや。おれだって毎日ウォトカを飲むわけじゃないよ。それに今日はむし暑いから。
（ややあって）なあ、ばあや、おれたち知り合って何年になる？
マリーナ　（考えこんで）何年？　さぁて……先生がここ、この土地においでになったのは、こうっと……、まだソーニャさんのお母さまのヴェーラ奥様がお元気の頃で。それから奥様のおられた二冬《ふたふゆ》、先生はようお訪ね下さいました……。つまり、十一年ですか。（少し考えてから）いや、もちっとたったかしらん……。
アーストロフ　その頃から見て、おれはずいぶん変わったかね？
マリーナ　はあ、ずいぶんと。あの頃は若くて、美男子でしたが、今じゃすっかり老《ふ》けられましたよ。男ぶりも下がったし、おまけにウォトカは上がるし。
アーストロフ　うん……。十年で、まるで別人だ。でもなぜだろう？　働きづめで疲れたってことかな、ばあや。じっさい朝から晩まで座る暇もない。夜、寝床に入っても、患者のとこへ呼び出されやせんかと、びくびくしてる始末だ……。あんたと知り合って以来、おれには一日の休みもなかった。老けるのも無理なかろう？　生活自体が、わびしく、おろかしく、汚らわしい。そいつが人を引きずりこむ。まわりが揃いもそろって変人ばかりだから、二、三年も一緒にいれば、知らぬまに自分も変になってる。逃れられん運命、ってやつだ。（長い口髭をひねりながら）へっ、髭までこんなにでかくなった……、馬鹿げた髭さ。おれは変人になったんだよ、ばあや……。有難いことに、まだ阿呆ではない、脳味噌はあるべき場所におさまってる。しかし感情ってものが鈍ってしまった。したいこともなけりゃ、欲しいものもない、誰のことも愛しちゃいない……。そう、あんただけが例外だ。（乳母の頭に接吻する）*子供の頃、おれにもあんたそっくりのばあやがいてね。

マリーナ　先生、ひょっとしておなかがすいていらっしゃるの？

アーストロフ　そうじゃないって……。じつは復活祭前の精進三週目に、マリーツコエ村へ行ってね。伝染病、つまり発疹チフスが出たんだ。どこの小屋でも一家がひしめ

＊　座っている乳母に歩みよったアーストロフが、うつむいて、彼女の頭頂部に唇をふれるのである。

きあい、塵芥《ごみ》、悪臭、煙……、子牛と患者が土間でいっしょに寝てるかと思えば、そばで子豚もうろつく……。おれは一日中てんてこ舞い、立ちっぱなしの飲まず食わずだった。それからやっと帰ったが、家でも休むどころじゃない、鉄道から転轍手《てんてつ》が運ばれてきた。手術のためにおれはその男をテーブルにのせたが、クロロホルムの効き目で、なんと、そいつはとたんに死んじまったんだ……。そんな時にかぎって、おれの感情が目を覚まし、まるで自分がわざとそいつを殺したみたいに、良心が咎《とが》める……。座って、目を閉じて、こんな風に……、考える——百年二百年のちの人間たち、今我われがこうして、その連中のために道を切り開いてる、その人間たちは、果たして我われのことを好意をもって偲んでくれるんだろうか、って……。偲んではくれまいな、ばあや！

マリーナ　人は偲んでくれなくても、神様が覚えていて下さいますよ。

アーストロフ　これは有難う。いいことを言ってくれるね。

ヴォイニーツキイ登場。

ヴォイニーツキイ　（家の中から出てくる。朝食のあと眠りこんでいたので、髪や衣服が乱れている。ベンチに腰をおろし、洒落《しゃれ》たネクタイの歪みを直す）ふうむ……。（ややあって）ふうむ……。

アーストロフ　よく眠れたかい？

ヴォイニーツキイ　うーむ……、よく寝た。（あくびする）あの教授先生が奥方と一緒に腰をすえてから、暮らしが軌道をはずれてしまった……。寝る時間は定まらんし、朝も昼もしつこいソースのかかった料理を食って、* ワインなんか飲んで……。不健全きわまる！　以前は一分《いっぷん》の暇《ひま》もなく、わたしもソーニャも、われながら感心なほど働いてた。今じゃソーニャはともかく、わたしの方は食っちゃ寝、飲んじゃ寝、だ……。なさけない！

マリーナ　（首を振って）** けじめがね！　教授さんは十二時に起きていらっしゃる、サモワールは朝からしゅんしゅん言って待ちぼうけです。わたしどもだけの時は世間並みに十二時過ぎるとお昼食《ひる》をいただきましたが、あの方らが見えてからは、六時をまわ

* しつこいソースの……を食って　原文「いろんなカブーリを食べて」。カブーリはアフガニスタンの町カブールに名を取ったと言われる、スパイスのきいたソースのこと。本来のロシア料理はそのようなソース（グレイビー）を用いない。

** 遺憾の意を示す動作。はげしく振るのではない。

ります。そして夜中に教授さんが読んだり書いたりなさると、一時を過ぎて突然ベルが鳴る……。なにごとかと思えば、お茶をくれ、と。先生のために、寝ている者を起こしてサモワールに火を入れろ、ですか……。けじめのない！

アーストロフ　それで、あの人たちはまだ長くここにいるのか？

ヴォイニーツキイ　（ヒューッと口笛を吹く）百年いるさ。教授はここへ引っ越してくる気だ。

マリーナ　現に今も、サモワールは二時間前からテーブルの上。でも、あの方たちは散歩に行ってしまわれて。

ヴォイニーツキイ　ああ、連中帰って来た……。そんなに気をもむなって。

人声がする。庭園の奥の方から、散歩がえりのセレブリャコーフ、エレーナ、ソーニャ、テレーギン登場。

セレブリャコーフ　いや、けっこう、けっこう……。申し分ない眺めだ。

テレーギン　まったくでございますな、閣下。*

ソーニャ　明日はみんなして馬車で森の事務所の方へ行きましょうよ、ね、お父さま！

ヴォイニーツキイ　皆さーん、お茶の時間です。

モスクワ芸術座，1899 年

セレブリャコーフ　やあ諸君、すまないがわたしのお茶は書斎の方へ頼むよ！　まだちょっと片づけにゃならん仕事があるのでね。

ソーニャ　森の事務所はきっとお父さまのお気に召すと思うんだけど……。

エレーナ、セレブリャコーフ、ソーニャ、家の中へ消える。テレーギンはテーブルに歩み寄り、マリーナのそばへ座る。

ヴォイニーツキイ　このむし暑い陽気に、我らの大先生はコートを着て、オーバーシューズ*をはいて、手袋はめて傘持って、だ。

アーストロフ　体を大事にしておられるわけだろう。

ヴォイニーツキイ　それにしても彼女の魅力的なこと！　美しい！　生まれてこのかた、あれ以上の美人は見たことがない。

テレーギン　ねえばあやさん、野を行くにつけ、お庭の木陰を歩むにつけ、このテーブルを見るにつけ、わたしは言いようのない幸せを感じるよ。天気は上々、鳥は歌い、我われは皆仲良く生きている……こんな有難いことはないね。（茶のコップを受け取りながら）いやどうも有難う！

ヴォイニーツキイ　（夢みるように）あの目……。すばらしい女だ！

アーストロフ　ヴォイニーツキイ君、何かいい話はないかい。
ヴォイニーツキイ　（ぼんやりと）話って？
アーストロフ　最近のニュースとか。
ヴォイニーツキイ　何もないね。万事昔のまま。わたしも昔のまま、……いや、怠けぐせがついた分、昔より悪くなったかな。何もせず、ぶつぶつ言ってばかり、まるでくたばりそこないの爺《じじい》だ。わが老いたる喋り烏《がらす》、すなわちママンの方は、いまだに女性解放論をさえずり、片目で墓穴をのぞきながら、もう一方の目じゃ、しちむずかしい本に新生活の曙光を探し求めてらあ。
アーストロフ　教授殿は？
ヴォイニーツキイ　教授殿はあいかわらず、明けても暮れても書斎にこもって書いてる。

＊（一四頁）　閣下（ヴァーシェ・プレヴォスホジーテリストヴォ）　帝政ロシア時代に三等・四等文官、陸軍中将・少将に対して用いた敬称。ながく務めた大学教授などは三等官に任じられることが多かった。呼びかけにいちいち敬称をつけるのは、話し手の方の身分の低さ、あるいはコンプレックスを示す。

＊　革靴を履いた上にかぶせるゴム製の短靴。雪道や雪どけ道の必需品であった。

「力みかえり額に皺よせ、今日も頌詩《オード》を絞りだす。されど我らをもその頌詩《オード》をも、褒める声とて絶えて無く」*ってやつだ。可哀そうなのは紙だね。いっそ自分の一代記でも出せばいいんだ。面白い筋になるぞ！　元教授、コチコチにひからびた堅パン、教養あるウグイの干物……。痛風、リューマチ、偏頭痛。嫉妬《やきもち》と羨望《ねたみ》が高じて腫れた肝臓……。このウグイは先妻の領地に住んでいるが、それは都会暮らしが懐に合わんからで、口を開けば我が身の不運をかこっている。ほんとはあれほど運のいい奴も珍しいのにさ。（いらいらした調子で）そうだろうが！　しがない教会番人の息子の、神学校生あがりが、学位を取り講座をわがものにし、閣下と呼ばれ、元老院議員の婿におさまり、しかじか、かくかく……。まあ、それはいいとしよう。だが君、このことはどう思う――あいつはまるまる二十五年間、芸術論を講じ論文を書いてきたが、じつは芸術のことなど、皆目わかっちゃいなかったんだ。リアリズムがどうの、自然主義がこうの、その他ろくでもないことを、二十五年間もっぱら他人《ひと》の思想を反芻《はんすう》してならべてただけ。あいつが喋ったり書いたりしたことなど、利口な人間ならとうの昔にご存じだし、馬鹿には面白くもなんともない。要するに二十五年間、何の意味もない作業をしてたわけだ。そのくせあの自惚れとデカイ態度はどうだ！　退職したが最後、誰ひとり知る者もない、まったく無名の存在さ――もともと他人の座るべき場所に二十五年居すわってただけだからな。それが、半ば神なり、てな顔して歩いてやがる!

アーストロフ　ふむ、君、ひょっとして妬《や》いてるんじゃないの。

ヴォイニーツキイ　ああ、妬《や》いてるよ! あいつの女にもてること、いかなるドン・ファンも顔負けだからな! 最初の妻になったわたしの妹など、じつに可愛い、気だてのいい子だった。青空みたいに澄んだ心の、上品で鷹揚《おうよう》な娘で、崇拝者だってたくさんいた。あの男の弟子の数より多いくらいにね。ところが妹はあの男を愛した。清らかな天使だけが、同じほど清く美しい者らに捧げるような、そんな愛でもってね……。またあいつの義理の母、すなわちうちのおふくろは、今もあいつを崇拝して、あいつの神聖な権威で金縛りになってる。二度目の細君は、いましがた御覧の通りの美女にして才女だが、彼がいいかげん年とってから、嫁にきた。若さと、美と、自由と、己

＊　イワン・ドミートリエフ(一七六〇―一八三七)の風刺詩『他人の解釈』(一七九四)の一節。空疎でもったいぶった頌詩《オード》の流行を嘲笑したもので、作者はカラムジンらとともにロシア・センチメンタリズムの発展に寄与した詩人。この同じ箇所をプーシキンも『エヴゲーニイ・オネーギン』第四章で引用している。

れの才能の輝きを、あいつに捧げたんだ。なんのためだ？　なぜなんだ？

アーストロフ　彼女は教授に貞節なのかい？

ヴォイニーツキイ　ああ、残念ながら。

アーストロフ　どうして残念ながらさ。

ヴォイニーツキイ　だってあの貞節は一から十までまやかしだからさ。そこには修辞学《レトリック》だけがあって、論理《ロジック》が欠けている。我慢のならない老いぼれ亭主を裏切るのは不道徳で、自分の中の哀れな若さや生きた感情を押し殺すのは不道徳じゃないっていうんだから。

テレーギン　（泣きそうな声で）ワーニャ、その話はやめてくれ。たのむ……。だって、自分のつれあいを裏切るようなのは、不誠実な人間で、やがては祖国も裏切るかもしれんじゃないか！

ヴォイニーツキイ　（いまいましげに）口出しするな、このワッフル！

テレーギン　いや、言わせてくれ、ワーニャ。わしの家内は、結婚式の翌日、好いた男といっしょに逃げた。わしが醜男《ぶおとこ》だったからじゃ。* それでも、わしは自分の義務に背かなかった。今でも彼女《あれ》を愛し、操を守り、出来るだけのことをしてやっているよ。

彼女《あれ》が男との間にもうけた子供らの養育費に、財産も与えた。わしは幸せをなくしたが、誇りは保った。彼女《あれ》はどうなった？　青春は過ぎ去り、自然の法則に従って美しさは色あせ、男は死んでしまった……。何が、彼女《あれ》に残ったろう？

ソーニャとエレーナ登場。少し遅れて母ヴォイニーツカヤ老夫人、書物を手に登場、腰をおろして読みつづけ、差し出された茶を、見もせずに飲む。

ソーニャ　（早口で、乳母に）ばあや、あちらに百姓たちが来ているの。行って話を聞いてちょうだい、お茶はわたしがするから……。（カップに茶を注ぎ分ける）

乳母退場。エレーナは自分のカップを取り、ブランコに腰かけて茶を飲む。

アーストロフ　（エレーナに）わたしはご主人の往診に来たんです。あなたのお手紙では、たいへんお加減が悪い、リューマチと、ほかにも何か、ということでしたが、来てみればピンピンしておられるじゃないですか。

エレーナ　昨晩、ひどくつらがりましたの。足が痛いと申しまして。今日はましなよう

＊　わしが醜男《ぶおとこ》だったから　のちに本人の口からも語られるが、ワッフルというあだ名で推量されるようにテレーギンは顔に天然痘のあばたが残っている。

ですが……。

アーストロフ　あわてて三〇キロも馬を飛ばしてきたんですよ。もっとも、こんなことは初めて、というわけでもありませんが……。そのかわり今夜はお宅に泊めていただきます。せめてたーっぷり《クワントゥム・サティス》＊と眠らせて下さい。

ソーニャ　けっこうですわ。先生に泊まっていただけるなんて、めったにないことですもの。きっとお食事もまだでしょう？

アーストロフ　ええ、まだです。

ソーニャ　それじゃ是非ご一緒に。うちはこのところ六時すぎからお昼――正餐《アベード》なんですの。＊＊（茶を飲む）ぬるいお茶！

テレーギン　すでにサモワール内の温度がかなり下がってます。

エレーナ　いいじゃありませんか、イワン・テレーギンさん、ぬるくても飲めますわ。

テレーギン　あいすみませんが、私はイワンではなく、イリヤーで……。イリヤー・イリイチ・テレーギン、またの名、このあばた面《づら》によりワッフルと申します。昔ソーニャさんの洗礼親をつとめまして、閣下、すなわちご主人にも親しくしていただいております。最近はこちら、お宅のご領地でご厄介になっていまして……。失礼ながらあなた様とも毎日正餐《アベード》でお目にかかっておりますが……。

ソーニャ　イリヤーおじさまはいつも手伝って下さって、わが家の右腕なんですのよ。（やさしく）おじさま、もう一杯お注《つ》ぎしましょう。

ヴォイニーツカヤ老夫人　ああっ！

ソーニャ　おばあさま、どうなさったの？

ヴォイニーツカヤ老夫人　アレクサンドルさんに言うのを忘れてた……。うっかりしてたわ……。今日ハリコフのパーヴェルさんからお手紙が来たのに……。最近書いたブックレットを送って下さったんだよ。

アーストロフ　面白いものですか？

ヴォイニーツカヤ老夫人　面白いわ。でもちょっとヘンなの。七年前に自分が主張してた

*　quantum satis　ラテン語。「十分なだけの量」の意。

**　ロシアではふつう昼が最も正式な食事正餐《アベード》で、朝食と夜食は比較的軽かった。ここでは朝食と正餐の間が長いので「昼のお茶」が入る。「お茶」の卓上にはパンやハム、チーズ、ジャム、果物なども並ぶはずである。この家では茶を飲むのにガラスコップ（袴つき）と陶磁器の茶碗《カップ》（受け皿つき）との両方を用いている。

ことに、今度は反論していらっしゃる。ひどいじゃありませんか！

ヴォイニーツキイ　べつにひどくなんかありゃしません。それよりお母さん、お茶をおあがんなさい。

ヴォイニーツカヤ老夫人　あたしは話したいんだよ！

ヴォイニーツキイ　僕たちもう五十年もひっきりなしに喋り、ブックレットを読んできたじゃないですか。そろそろお終いにしてもいい頃です。

ヴォイニーツカヤ老夫人　どうもお前はあたしの話を聞くのが嫌《いや》なようだね。言わせてもらうけどジャン*、お前、この一年でひどく変わったよ。まるで別人だ……。以前は立派な信念を持ち、人間として輝いていたのに……。

ヴォイニーツキイ　はあ、はあ、輝いていましたか！　でもその輝きで明るくなった人は誰もいませんでしたね……。

（ややあって）人間として輝いてた、か……。これ以上グサッとくる皮肉もないや！
わたしは四十七になった。去年までは、あなた同様、わざわざ両目にスコラ哲学の霞《かすみ》をかけて、本当の人生を見ないようにし、それでいいと思っていた。そして今、あなたにはわかりもすまいが、悔しさ腹だたしさに夜も眠れずにいる！　望めばあらゆるものに手が届いたはずの時間を、わたしは愚かにも無駄にした――今となっては、手遅れなんだ！

ソーニャ　ワーニャおじさん、もういいわ。

ヴォイニーツカヤ老夫人　（息子に）お前、以前の自分の信念に文句をつけてるようだけど……。でも悪いのは信念じゃなくて、お前自身ですよ。信念もそれだけでは死んだ文字に過ぎないことを、忘れてたんだろう……。大切なのは、仕事をすることです。

ヴォイニーツキイ　仕事をですか？　あなたの教授先生みたいなペンを持ったペルペトゥウム・モービレ**――永久機関――に、みんながなるわけにゃ行きませんや。

ヴォイニーツカヤ老夫人　お前、それは何のあてこすりだい？

＊　ジャン　イワンをフランス風に呼んだ。ミハイル→ミシェルなど、話し手のフランス好みをあらわす。ヴォイニーツカヤ老夫人はセレブリャコーフの名アレクサンドルをもおそらくアレクサーンドルと鼻にかけて発音しているだろう。

＊＊　perpetuum mobile　ラテン語。永久運動、永久機関。エネルギーの補給なしに動き続ける（空想上の）装置。十九世紀ヨーロッパで関心を持たれ、試作品に取り組む「発明家」もあとを絶たなかった。

ソーニャ　（哀願するように）おばあさま！　ワーニャおじさん！　お願いですから！

ヴォイニーツキイ　やめ、やめ。どうも失礼した。ややあって。

エレーナ　それにしても今日はいいお天気ですこと……。さほど暑くもないし……。ややあって。

ヴォイニーツキイ　首を吊るにはもってこいの日和ですな……。

テレーギンがギターの弦の調子を合わせている。マリーナが家のそばを歩きまわってニワトリを呼んでいる。

マリーナ　とーっ、と、と、と……。

ソーニャ　ばあや、お百姓たちは何の用で来たの？

マリーナ　また例の荒れ地のことでございますよ。とーっ、と、と、と……。

ソーニャ　何を探してるのよ？

マリーナ　ぶちの牝鶏《めんどり》がヒヨコごとどっかへ行ってしまいまして……。カラスにでもやられちゃ困りますので……。（退場）

テレーギンがポルカを弾く。一同だまって聴く。下男登場。

下男　お医者さまはこちらでしょうか？（アーストロフに）先生、すみません。お迎えが来ております。

アーストロフ　どこからの迎えだね？

下男　工場からで。

アーストロフ　（いまいましげに）有難いことだね。でも、仕方がない、行くか……。（目で帽子を探している）うんざりだな、まったく！

ソーニャ　ほんとにいやですわねえ……。お食事だけでもこちらへお戻りなさいませ。

アーストロフ　いや、多分、遅くなるでしょうから……。なかなかもって……、難儀なこって……。（下男に）君、すまんが、やっぱりウォトカを一杯持ってきてくれんか。

下男退場する。

なかなかもって……、難儀なこって……。（帽子を見つける）オストロフスキイの何とかいう芝居に、髭はでかく才能はちっぽけ、という男が出てきますな……。あれがわたしです。では、皆さん、失礼……。（エレーナに）そのうち私《わたくし》の方へも、ええ、ソーニャさんとご一緒に、どうぞお出かけ下さい。領地は三〇ヘクタールほどの狭いもんですが、ご興味がおありなら、千キロ四方にも例のない模範庭園と苗木床を御覧に入れますよ。うちの隣は官有林なんですが、監視員が年寄りで病気がちなもんで、事実上これもわたしがめんどうを見ています。

エレーナ　先生が森をお好きでいらっしゃることは、評判ですわ。さぞ有意義なお仕事なんでしょうけれど、お医者さまとしての天職のお邪魔にはなりませんの?

アーストロフ　何が真の意味での天職かは、神様だけがご存じです。

エレーナ　で、面白うございまして?

アーストロフ　ええ、面白い仕事です。

ヴォイニーツキイ　（いやみたらしく）ひじょーにね!

エレーナ　（アーストロフに）先生はまだお若くて、多分……、三十六か七でいらっしゃいましょう……。明けても暮れても森ばかりで、おっしゃるほどご満足とは信じられませんわ。単調すぎますもの。

ソーニャ　いいえ、それってとっても面白いことなのよ。アーストロフ先生は毎年新しく植林をなさって、それでお上《かみ》から銅メダルや表彰状も受けておいでなの。また古い森が丸裸にされないよう目を配っていらっしゃるわ。お話をよく聞けば、誰だって共感せずにはいられないでしょう。森は大地を飾り、人間に美というものを理解させ、おごそかな気持ちにさせる……。森は厳しい気候をやわらげ、気候がやわらかならば、そこに住む人は自然との闘いで疲れることが少ないから、おだやかで優しい性格になる。彼らは美しくしなやかで、敏感であり、言語は繊細、動作は上品である。彼らのもとでは科学と芸術が栄え、哲学も陰鬱ではなく、女性への態度も優雅に品よく……。

ヴォイニーツキイ　（笑いながら）ブラボー、ブラボー！　けっこうな話だ！　しかし本当とは思えんね。したがって……、（アーストロフに）わたしは今後とも暖炉で薪を燃やし、材木を使って納屋を建てさせてもらうよ。

アーストロフ　暖炉では泥炭を燃やせばいい、納屋は石で建てられる。むろん、どうしても必要なら森の木を伐るのもいいさ。しかし根こそぎにすることはあるまい？　ロシアの森はいま斧の下で呻き、何十億という樹が死んでいく。獣《けもの》や鳥は棲《す》み処《か》をなくし、河川は浅くなり、干上がり、美しい景観は容赦なく失われつつある。それもひと

＊（二七頁）　髭はでかく才能はちっぽけ　チェーホフの先輩格の劇作家A・オストロフスキイ（一八二三―八六）の『持参金のない娘』の登場人物パラートフのこと。直前に繰り返される「なかなかもって……、難儀なこって……」もオストロフスキイの『狼と羊』に登場する田舎老女の台詞で、アーストロフが劇団の地方巡業か何かでそれらを見たことを意味すると思われる。

えに怠け者の人間が地面に身をかがめて泥炭を採る労を惜しむからだ。（エレーナに）そうは思いませんか、奥さん？　自然の美をペチカで灰にし、自分が創れぬものを破壊するのは、無分別な野蛮人の所業《しわざ》です。有るものを何倍にも増やすために、人には理性と創造力が与えられている。だがこれまで人は創らずに、壊してばかりいました。森はどんどん減り、河は涸れ、野鳥は絶滅、気候は悪化し、大地は日に日に貧しく醜くなっています。（ヴォイニーツキイに）君はそんな皮肉な顔で僕を見て、僕の言うことなどたわごとだと思ってる……、そう、ひょっとしたら、これはじっさい変人のやる事かも知れん……。それでも、僕のおかげで伐採されずにすんだ百姓たちの森のそばを通ったり、僕の植えた若木の林がさわさわと鳴るのを耳にすると、気候だっていくらかは僕の力で左右出来る、千年のちの人間が幸せになれば、それも少しは僕のせいだ、と思うんだよ……。白樺を植える、やがて若葉が芽ぶき、風にゆれる……、それを見ると誇らしさが胸にこみあげて、僕は……。（下男がウォトカの杯を盆に載せて来たのに気づいて）ああ、そうだった……。（飲む）行かなくては。やっぱり、所詮は変人のやる事ですかな……。では、失礼を致します！（家の方へ歩きだす）

ソーニャ　（彼の腕をとっていっしょに行く）今度はいついらして下さいますの？

アーストロフ　わかりません……。

ソーニャ　またひと月もたってからですか？

アーストロフとソーニャ家の中へ入る。ヴォイニーツカヤ老夫人とテレーギンはテーブルのそばに残る。エレーナとヴォイニーツキイはテラスの方へ行く。

エレーナ　イワンさん、さっきはまた良くない態度をお取りになったわ。永久機関がどうのこうのなんて、お母さまをからかうことないでしょう！　それに今朝食事の時もアレクサンドルに喧嘩をふっかけて……。ほんとにつまらないことを！

ヴォイニーツキイ　わたしには彼が憎いんだから、仕方ありません！

エレーナ　彼には憎まれる理由なんかないわ。あの人はみんなと同じよ。あなたより悪くもないでしょう。

ヴォイニーツキイ　あなたは自分の顔や動作を、いちど自分の目でたしかめてみるといいんだ。ああ生きてるのが億劫《おっくう》、って顔に書いてありますよ！　お、っ、く、う、って！

エレーナ　ええ、ええ、億劫です、退屈です！　皆して主人をけなし、皆して私《わたくし》を哀れんで下さる——可哀そうに、年寄りの亭主を持って、って！　その同情がどんなものか、私には見えみえなの！　さっきアーストロフ氏が言いましたね、あなたがた皆が乱暴に森を滅ぼすから、もうすぐ地上には何も残らないだろうって……。同じようにあなたがたは人間も滅ぼしたがっているのよ。おかげでもうすぐ地上には貞節も純潔も自己犠牲の精神も、消えて無くなるでしょう。自分の女でもない者が、なぜそんなに気になるの？　あのお医者さまは正しいわ――あなたがたの心には破壊の魔物がいて、森も、鳥も、女も、自分たちお互い同士も、情け容赦なく滅ぼしたいんだわ……。

ヴォイニーツキイ　僕はそういう哲学は嫌いです！

　　ややあって。

エレーナ　あの先生は、疲れて神経質そうな顔をしてらした。いいお顔ね。ソーニャはどうやらあの方が好きで、恋をしてるみたい。その気持ちは私にもわかるわ。あの方は私がこの家に来てから、もう三度おいでになったけれど、私の方でなんとなく遠慮があって、まともにお話ししたことも、おもてなししたこともなかった。無愛想な奴だと思っていらっしゃるでしょう……。イワンさん、私があなたと仲よくできるのは、多分、私たち両方がのらくら者で、退屈な人間だからじゃないかしら。そう、のらくら者同士！　……そんな目で私を見ないでちょうだい。不愉快だわ。

ヴォイニーツキイ　ほかにどんな目で見るんです、わたしがあなたを愛してるとしたら？　あなたはわたしの幸せで、命で、わたしの青春だ。この気持ちが報われる見込みは万に一つもない、ほとんどゼロに等しいことは、よくわかっている。わたしは何も求めない。せめてあなたを眺め、あなたの声を耳にすることを許して下さい……。

エレーナ　静かになさって。人が聞きますよ！

二人、家の中へ向かう。

ヴォイニーツキイ　（彼女のうしろから）愛してるんだから、それを口にすることくらい許して。追いはらわないで。そばにいるだけで僕は最高に幸せなんだから……。

エレーナ　困ります、そんなこと……。

二人とも家の中へ消える。

テレーギンはギターの弦をはじいてポルカを弾き、ヴォイニーツカヤ老夫人は書物の余白に何か書きこんでいる。

幕

第二幕

セレブリャコーフ家の食堂。深夜。庭園で夜番が拍子木を打つのが聞こえる。

セレブリャコーフ（開け放した窓のそばで肘掛け椅子に座り、うとうとしている）とエレーナ（彼のそばに座って、やはりうとうとしている）。

セレブリャコーフ （目をさまして）誰がいる？　ソーニャか？

エレーナ　わたしですわ。

セレブリャコーフ　ああ、レーノチカ*か……。痛くてたまらん！

エレーナ　膝掛けが落ちましたね。（足を包んでやる）あなた、窓を閉めますよ。

セレブリャコーフ　いかん、暑苦しい……。わしは今うとうとしていたが、左足が他人のものになったような夢を見て、あまりの痛さに目がさめた。いや、これは痛風なんかじゃない、きっとリューマチだ。今、何時かな？

エレーナ　十二時二十分です。

ややあって。

セレブリャコーフ　朝になったら、図書室でバーチュシコフ[**]を探してくれ。この家にあったはずだ。

エレーナ　え？

セレブリャコーフ　朝になったらバーチュシコフを探してくれ。ここで見た記憶がある。それにしても、わしはなぜこんなに息苦しいんだろう？

エレーナ　疲れたのよ。昨夜《ゆうべ》も眠らないで、これで二晩ですもの。

セレブリャコーフ　聞くところでは、ツルゲーネフは痛風がもとで狭心症になったそうだ。わしもそうなるかも知れん……。ああ、年は取るのはたまらん、嫌だ。なんとかならぬものか。老いてからは自分で自分がおぞましい。いや、お前たちだって皆、わしのことを、見るもおぞましいと思っているに相違ないのだ。

＊　エレーナの愛称形。

＊＊　詩人コンスタンチン・バーチュシコフ（一七八七―一八五五）のこと。一八一〇年代に文学団体「アルザマス会」の中心メンバーとして活躍、すぐれた翻訳とロマン主義的な創作によって、若いプーシキンらに影響を与えた。一八八〇年代末、新たに三巻の作品集が出て再評価されていた。

エレーナ　あなたはご自分が老いたのを、まるで私たちみんなのせいだ、みたいにおっしゃるのね。

セレブリャコーフ　まずあんたからして、わしをおぞましいと思っているだろう。

エレーナは彼から離れ、少し遠い所に座る。

むろん、あんたが正しい。わしだってそれが分からんほど愚かではない。あんたは若くて健康で、美しくて、生きたいと願っている。一方わしは老いぼれで、死骸も同然。なに、よく分かっているとも。いまだに生きてるわしが馬鹿なんだ……。でもまあ、あと少しの辛抱です。すぐにみんな自由にしてあげる。わしはもう長くない。

エレーナ　あたし、疲れました……。お願い、黙ってて下さいな。

セレブリャコーフ　つまり、わしのせいでみんな疲れて、毎日退屈して、若さをだいなしにして、わし一人だけが楽しく快適に生きておる、というわけだな。ああ、そうだろうとも！

エレーナ　黙ってて！　これ以上苦しめないで！

セレブリャコーフ　わしは皆を苦しめている。もちろんそう。

エレーナ　（涙声で）もういや！　いったい、あなた、私にどうしろとおっしゃるの？

セレブリャコーフ　べつにどうも。
エレーナ　それなら、黙ってて下さい。お願いします。
セレブリャコーフ　おかしいね、あのイワン氏や、おつむの弱い母上が、ながながと喋っても、みんな我慢して聞いてるじゃないか。そのくせ、わしがひとこと言おうもんなら、たちまち全員不幸せになる。声までおぞましい、というのだ。百歩ゆずって、わしは不愉快なエゴイストで暴君だとしよう。だがこの年になって、幾許《いくばく》かのエゴイズムの権利さえ認めてもらえんのか？　わしはそれだけの貢献をして来なかったというのか？　安らかな老後と、人々のいたわりを求める権利が、わしには無いというわけか？
エレーナ　あなたの権利について誰もとやかく言いはしません。

バタンと音をたてて窓が閉まる。

風が出たわ、閉めますよ。（窓を閉める）ひと雨来そうね。誰もあなたの権利をとやかく言いはしませんって。

ややあって――その間、庭園で夜番が拍子木を打ち、歌っている。

セレブリャコーフ　生涯を学問に捧げ、己れの書斎と講義室と、立派な同僚たちに慣れ親しんできた者が、なんの因果か、突然こんな死体置き場に入れられて、来る日も来る日も馬鹿面《づら》ばかりと相対《あいたい》し、くだらぬ話を聞かされる……。わしは生きたい、成功や名声や騒がれることが生き甲斐だ。しかしここでは流刑人も同様。ただ帰らぬ過去を思い、他人の成功の噂を追いかけ、死を恐れているだけなのだ……。嫌だ！　やりきれん！　おまけに老いることさえ非難される！

エレーナ　もう少しの辛抱ですわ。五、六年もすれば私もおばあさんになりますから。

ソーニャ登場。

ソーニャ　パパ、自分からアーストロフ先生に使いを出させておいて、おいでになったら会うのをお断りするなんて、失礼よ。ほんとに人騒がせな……。

セレブリャコーフ　アーストロフごときに何がわかる？　あの男の医学の程度は、わしの天文学と似たようなものだ。

ソーニャ　パパの痛風のために、医学部そっくりつれて来るわけには行かないわ。

セレブリャコーフ　わしはあんな瘋癲《ふうてん》野郎には口もききたくない。

ソーニャ　それじゃご勝手に。（座る）あたしはかまいません。

セレブリャコーフ　今、何時かな？

エレーナ　十二時過ぎ。
セレブリャコーフ　息苦しい……。ソーニャ、テーブルの上の水薬をくれ。
ソーニャ　はい。（水薬を渡す）
セレブリャコーフ　（苛立って）えい、これじゃない！　頼みごとひとつできんわ！
ソーニャ　どうぞ、駄々をこねないで。そういうのが、お好きな方もいらっしゃるでしょうけど、あたしは御免こうむります！　第一、忙しいの。明日は早く起きなきゃ、草刈りの仕事があるんだから。

ヴォイニーツキイ登場。部屋着姿《ガウン》で手に蠟燭《ろうそく》を持っている。

ヴォイニーツキイ　外は雷雨の気配ですよ。

稲妻が光る。

そら来た。エレーヌ*とソーニャ、寝にいらっしゃい。僕がかわるから。
セレブリャコーフ　（驚いて）と、とんでもない！　こいつと二人にしないでくれ！　い

＊　原文 Hélène　ヴォイニーツキイは彼女に対してロシア名エレーナ（正確にはイェリェーナと発音）でなく、このフランス名を使っている。あとでエレーナがソーニャをソフィーと呼ぶのも同じ。

かん、こいつに喋られると、わしは参ってしまう！

ヴォイニーツキイ　しかしこの人たちを休ませなきゃいけません。昨夜《ゆうべ》も寝てないんだから……。

セレブリャコーフ　じゃあ寝に行けばいい。だがあんたも出てってくれ。有難う。だが頼む。我われの昔の友情に免じて、嫌とは言わんでくれ。いずれまた話そう。

ヴォイニーツキイ　（薄笑いをうかべて）我われの昔の友情……。昔のね……。

ソーニャ　およしなさい、ワーニャおじさん。

セレブリャコーフ　（妻に）な、頼むからこの男と二人きりにしないでおくれ！　喋り殺されてしまう……。

ヴォイニーツキイ　いっそ滑稽だよ、こうなると……。

マリーナが蠟燭を手に登場。

ソーニャ　寝てよかったのに、ばあや。もう遅いよ。

マリーナ　サモワールがテーブルに載ったままでは、おちおち寝《やす》めませんので。

セレブリャコーフ　皆が寝ずに疲れ果てる。わたしひとりがいい目を見てる、か。

マリーナ　（セレブリャコーフに歩み寄り、やさしく）いかがです、旦那さん、お痛みですか？　じつは私も足が疼《うず》きましてね、そりゃもうひどく……。（膝掛けをなおしてやる）旦那さんのご病気も久しいもので……。亡くなられたヴェーラ奥様、ソーニャ嬢ちゃんのお母さまも、たびたび夜お休みになれずに、お体にこたえて……。あなたさまを、ほんに思うておいでてでしたが……。（ややあって）年寄りは子供と同じで、誰かに可哀そうがってもらいたいのです。でも年寄りを可哀そうがる者などおりません。（セレブリャコーフの肩に接吻する）お寝間に参りましょう、旦那さん……。さ、どうぞ……。菩提樹のお茶*をお入れして、おみ足をあったためて……、お祈りもして差し上げましょ……。

セレブリャコーフ　（すっかり感動して）行こうかな、マリーナ。

マリーナ　私も足が疼《うず》いて、ほんにひどう疼いて。（ソーニャと二人で彼をつれていく）ヴェーラ奥様は、お体にこたえて、よく泣いておられました……。あんたは、ソーニャさん、まだちっちゃくて、何もお分かりでなかったが……。さ、歩いてくださいよ、旦那さん……。

---

* 菩提樹の若葉と花をいっしょに乾燥させたもので、発汗作用・鎮静効果のあるハーブティー。

セレブリャコーフ、ソーニャ、マリーナ退場。

エレーナ　あの人のおかげで、わたしはへとへと。立っているのもやっとだわ。

ヴォイニーツキイ　あなたは彼のせい、わたしは自分自身のせいで、ですね。わたしもこれで三晩眠れずにいます。

エレーナ　この家《うち》は、万事《よろず》うまく行ってませんわね。あなたのお母さまは、ご自分のブックレットと教授以外の、あらゆるものを憎んでいらっしゃるし、教授は苛々《いらいら》して、わたしを信用せず、あなたを怖がる。ソーニャは父親に腹をたて、わたしにも腹をたて、これで二週間、わたしに口をきかない。あなたはわたしの夫を憎み、ご自分のお母さまをあからさまに馬鹿になさる。わたしは気持ちがささくれだって、今日も二十ぺんくらい泣きそうになりましたわ……。うまく行かない家だこと。

ヴォイニーツキイ　哲学はやめましょう！

エレーナ　ねえイワンさん、あなたは教育もあり、賢い方だから、分かってらっしゃるはずよ——世界が滅びるのは、強盗のせいでも火事のせいでもなく、憎悪と敵意のせい、こうしたつまらぬいさかいのせいだって……。ぶつぶつ文句ばかりおっしゃらず、みんなを仲直りさせるよう努めて下さるのが、あなたのお役目じゃないかしら。

ヴォイニーツキイ　まずわたしがわたし自身と仲直りできるようにして下さい！　恋しいエレーヌ……。（突然跪《ひざまず》いて彼女の片手に唇を寄せる）

エレーナ　やめてちょうだい！（手を引っこめる）向こうへ行って！

ヴォイニーツキイ　もうすぐ雨がやむ。自然界のすべては甦り、かろやかに息をつくだろう。だが雷雨もわたしを甦らせることはない。昼も夜も、まるで家霊*にとりつかれたように、人生は永久に失われた、という思いが、わたしの息をつまらせる。過去はもはや存在しない――つまらぬ事に浪費されたから。そして現在は、無意味さゆえに怖ろしい。さあ、これがわたしの人生で、わたしの愛です。これをどこへ持っていけばいいのか、どう扱えばいいのですか？　わたしの思いは、深い穴に差しこんだ日の光のように空しく滅び、そしてわたし自身も滅びるのですね……。

エレーナ　あなたがご自分の愛のことを口になさると、わたしは頭がぼんやりして、何を言えばいいか分からなくなるの。ごめんなさい、申しあげることはありません。

＊　ドマヴォイという、東スラヴ諸族に信じられていた家の精。多くは顔一面白髭に覆われた老人の姿。台所の竈《かまど》の隅にいて、家人と家畜を守るが、家人が習慣に背くなどして家霊を怒らせると、疫病等の災厄が起こると考えられた。

（行こうとする）お休みなさい。

ヴォイニーツキイ　（彼女の行く手を遮る）分かって下さい、この家で、みすみすもう一つの命――あなたの命――まで滅びて行くのを見るのが、わたしには耐えられないのだ！　何をあなたは待ってるんです？　どんな忌々《いまいま》しい哲学が、あなたの邪魔をしているんですか？　考えてもごらんなさい、あなたが……。

エレーナ　（じーっと彼を見つめる）イワンさん、あなた酔ってますね！

ヴォイニーツキイ　そうかも……、そうかも知れませんが……。

エレーナ　お医者さまはどちらですか？

ヴォイニーツキイ　あっちで……、わたしの部屋で、寝ています。そうかも知れません……。何もかも、そうかも知れないんだ！

エレーナ　今日もお飲みになったのね。どうして？

ヴォイニーツキイ　せめて生きてるって感じがするからですよ……。見逃して下さい、エレーヌ！

エレーナ　以前は決して強いお酒はあがらなかったし、*そんなにベラベラ喋ったりもなさらなかったわ……。もうあちらへ行って寝て下さい。あなたと居るのは退屈よ。

ヴォイニーツキイ　（跪いて彼女の手を取る）恋しい、美しい僕のエレーヌ！

エレーナ　（うんざりして）やめてよ。何度言えば分かるんだろう。（退場）

ヴォイニーツキイ　（一人で）行ってしまった……。

（ややあって）十年前、今は亡《な》い妹のところで、おれは何度かあの人に会った。彼女は十七、おれは三十七だった。どうしてあの時、恋をし、結婚を申し込まなかったんだろう。それは十分すぎるほどに、ありえたことだったのに！** そうすれば今あの人は、おれの妻になっていたろうに……。そう、この嵐で二人とも目をさまし、雷鳴におびえる彼女を、おれはこの腕に抱きしめて「大丈夫、僕がいるから」とささやいてやる……。ああ、なんという美しい想像だ、嬉しくなる……、おれは笑ってるじゃないか

＊　強いお酒はあがらなかった　原文「あなたは飲まなかった」。ロシアで目的語なしに「彼は飲む」と言えば大酒飲みを意味し、ワインをたしなむ程度のことは含まないので、あえて「強い酒」という言葉を補った。

＊＊　それは十分すぎるほどに、ありえたことだったのに　プーシキン『エヴゲーニイ・オネーギン』第八章四七で、すでに人妻であるヒロインのタチアーナが、オネーギンの求愛に対し「（あの昔なら）幸せは十分すぎるほど、ありえたことでしたが」と答えるのと同じ文型。

……。しかし、どうもいかん、頭が混乱してきた……。なぜおれは老《ふ》けてしまった？　なぜあの人はおれのことを分かろうとしない？　彼女の修辞学《レトリック》、いいかげんな道徳《モラル》、世界の破滅なんてものについての間違った、いいかげんな考え方――何もかも、おれには腹にすえかねる。

（ややあって）ああ、おれはなんて手ひどく騙されたんだ！　あの教授、あのみじめな痛風病みを崇拝し、やつのため、牛みたいに働いた。ソーニャと二人、この領地から搾《しぼ》れるだけ搾り出し、強欲な富農そこのけに種油や豆やカテッジチーズの値段をかけひきし、自分らの食い扶持《ぶち》を削って、コペイカ玉から何千ルーブルをこしらえては*、あいつに送ってきた。おれはあいつとあいつの学問を誇りにし、あいつによって生き、呼吸していた。あいつの書くもの、のたまう言葉すべてを、天才的だと思っていた……。それが今ではどうだ？　退職して生涯の決算をしてみたら、あいつには後世に残る論文の一ページさえなく、まったくの無名、居ないに等しい！　はかないシャボン玉だ！　おれは騙され……、こけにされてた……、今それが分かる……。

アーストロフ登場。フロックコートは着ているが、ベストもネクタイもつけず、一杯機嫌である。その後からテレーギンがギターを手に登場。

アーストロフ　弾けよ！

テレーギン　皆さんお寝《やす》みですから……。

アーストロフ　弾けったら！

テレーギンは小さく奏でる。

アーストロフ　（ヴォイニーツキイに）君ひとりか？　女性がたは、いない？（しゃんと立ち両手を腰にあて、小声で歌う）「小屋よ踊れ、ペチカよ踊れ、亭主の寝る場所《とこ》どこにもない」**と……。さっきの嵐で起こされちまった。どえらい降りだったな。今何時だろう？

ヴォイニーツキイ　そんなこと知るもんか。

アーストロフ　エレーナ夫人の声がしてたようだったが……。

ヴォイニーツキイ　今までここにいたんだ。

アーストロフ　じつにあでやかなる女性《にょしょう》だね。（卓上のいくつもの小瓶を眺めまわす）薬だな。まあよくもこれだけいろんな処方を揃えたもんだ！　ハリコフのにモスクワの、

＊　コペイカ玉から何千ルーブル　ロシアの貨幣単位では百コペイカが一ルーブルになる。

＊＊　農民の踊りの歌で、現在でも歌われるという。

トゥーラのまである。町という町を自分の痛風で悩ましたってわけだ。彼はほんとに具合が悪いのか、それとも仮病かね？

ヴォイニーツキイ　具合が悪いんだよ。

ややあって。

アーストロフ　君、今日はなんだか元気がないな。教授が可哀そうになった、とか？

ヴォイニーツキイ　放っといてくれ。

アーストロフ　それとも、ひょっとして、教授夫人に惚れた、とか？

ヴォイニーツキイ　あの人はおれの親友だ。

アーストロフ　もう？

ヴォイニーツキイ　何だ、その「もう」ってのは？

アーストロフ　女が男の親友になるには、きまった順序がある。初めはただの友達、それから愛人、そのあとで親友。

ヴォイニーツキイ　俗物流哲学だ。

アーストロフ　ええ？　うん……、そうかも知れん、おれは俗物になりつつあるからな。この通り、酔っ払ってもいるし……。月に一度くらい、おれは徹底的に飲むんだ。そして極度にあつかましく恥知らずになる。何があってもへっちゃらだ！　猛烈に難しい手術にとっかかり、見事にやってのけるね。未来についての壮大な見取り図も描く。自分が変人だ、なんて思いもせず、人類のために巨大な貢献を――巨大な、だぜ――なしうると確信するのさ！　そんな時は自分独自の哲学体系を身におびて、悪いが、君らなんかみーんな虫けらか、バクテリアに見えてくらぁ……。（テレーギンに）ワッフル、弾けよ！

テレーギン　ねえ先生、弾いて差し上げたいのは山やまだが、こちらじゃ皆さんもうお寝《やす》みだ！

アーストロフ　弾けったら！

テレーギンは小さく弾く。

もう一杯やらなきゃ……。行こう、部屋にまだコニャックが残ってるはずだ。そして夜が明けたらすぐ、おれんちへ行こうぜ。しゃんしぇいいか？　おれんとこにゃ看護助手がいてさ、こいつ絶対に「賛成」とは言わねえ。かならず「しゃんしぇい」だ。ひでえペテン師だがね。じゃ、しゃんしぇいだな。（入ってきたソーニャに気づく）失礼、ネクタイもなしで……。（急ぎ退場。テレーギンこれに続く）

ソーニャ　ワーニャおじさん、また先生といっしょに飲んだくれて……。酒豪同盟ってわけなのね。まあ、あの先生はいつものことで仕方ないけど、おじさんはどうしてよ？　そのお年で、似あわないでしょ。

ヴォイニーツキイ　年はこの際、関係ありません。真の生活が無い時、人は蜃気楼によって生きるのです。まったく何もないよりはましだからな。

ソーニャ　干し草の刈り取りがすんだとたん毎日雨が降って、全部腐るかも知れないのに、蜃気楼なんか見てちゃ困るわ。おじさんが仕事を投げだしてしまったから、あたし一人で働いてみたけど、もう限界なのよ……。（驚いて）まあ、おじさん、目に涙が！

ヴォイニーツキイ　涙だって？　嘘つけ……、馬鹿なことを……。今お前がわたしを見たところは、亡くなった母さんにそっくりだったぞ。可愛いソーニャ……。（彼女の両手と顔にはげしく接吻する）妹……、僕の可愛い妹！　どこにいる？　もしお前が知ったら……。ああ、知ってくれたらな！

ソーニャ　何を？　おじさん、母さんが何を知ったら、なの？

ヴォイニーツキイ　苦しい、気分が悪い……。いや、なんでもないんだ。あとでな……。

なんでもない……。おれは行くよ。（退場）

ソーニャ　（扉のひとつを叩く）先生！　まだ起きてらっしゃいます？　ちょっとお願いしますわ。

アーストロフ　（扉の向こうで）すぐ行きます。（しばらくして出てくる。ちゃんとベストとネクタイをつけている）ご用ですか？

ソーニャ　ご自分が召し上がるのはけっこうです、お好きなんだったら……。でもおじには飲ませないで下さいませんか。体に毒なんです。

アーストロフ　わかりました。二人とももう飲みませんよ。（ややあって）わたしはこれでお暇《いとま》します。決めました。馬車の支度をさせてる間に、夜も白むでしょう。

ソーニャ　雨が降ってますわ。朝までお待ちになって。

アーストロフ　雷雨は逸《そ》れて行ってます。濡れてもたいしたことはない。出かけますよ。それから、どうかこれ以上、お宅のお父さんのところへは呼ばないで下さい。わたしが痛風だと言えば、いやリューマチだとおっしゃる、横になっていて下さいと言えば、座られる。今日などまったく口もおききにならんのですから。

ソーニャ　甘やかされ過ぎなんです。（食器戸棚の中をのぞく）何か食べたいとお思いになりません？

アーストロフ　そうですな、いただきましょうか。

ソーニャ　私、夜中にちょっと食べるのが好きなんです。ここに何かありそうよ。父はね、元気な頃たいへんもてたんだそうで、ご婦人がたが甘やかしてしまったんですわ。さあ、チーズをどうぞ。

二人は戸棚のそばに立ったまま、食べる。

アーストロフ　わたしは今日一日、食べずに飲んでばかりいましたな。お父さんは難しい方だ。（戸棚から瓶を取り出す）いいですか？（グラスに注いで飲む）ここには誰もいないから、率直に言わせてもらいますが、わたしなら、お宅ではひと月ともたんでしょう。窒息してしまいます……。お父さんはご自分の痛風と本のことしか頭にない、ワーニャおじさんはふさぎの虫にとりつかれている。そしてあのおばあさんと、おまけにあなたの義理のお母さんだ……。

ソーニャ　義母《はは》がどうかしまして？

アーストロフ　人間はね、すべてにおいて美しく立派でなければなりません。顔も、服装も、心も、思想もです。あなたのお母さんは、美しくて立派だ、文句なしに。* しかし、あの人はただ食べて、寝て、散歩して、自分の美貌で我われみんなを魅了する、それだけじゃないですか。自分が果たすべき務めが何も無い、他人からしてもらうばかり……。そうでしょう？　しかし無為徒食というのは、誠実な生き方ではありえないのです。

（ややあって）もっとも、こんな言い方は厳し過ぎるかも知れません。わたしもお宅のワーニャおじさんと同じで、人生に失望し、不平屋になってきていますから。

ソーニャ　先生は人生にご不満ですの？

アーストロフ　一般的に言えばわたしは人生を愛してますよ。しかしこの我われの、地方的、ロシア的、俗物的生活は我慢できない。心底、軽蔑してます。またわたしの個人生活について言えば、これはもう、良いことはまったく何もありません。いいですか、人が闇夜に森の中を歩いて行くとしますね。もし、その時、遠くに灯火《ともしび》が見えた

＊ 美しくて立派だ、文句なしに　プーシキンのお伽話『死んだ王女と七人の勇士の物語』で、鏡が王女の継母である王妃の問いに答える文句（原型はグリムの『白雪姫』と考えられる）。

モスクワ芸術座，1947年

ら、人はもう疲れも、闇も、顔を引っ掻く木の枝のことも、忘れるでしょう……。わたしは、ご承知のように、この地方の誰よりも多く働いてる。絶え間なく運命に追い立てられ、時にはひどい目にもあう――しかしわたしの行く手に灯火《ともしび》は、無いのです。もはや自分の未来にどんな夢も持たず、人間嫌いで……。ながらく、誰も愛していません……。

ソーニャ　誰も、ですか？

アーストロフ　誰も、です。お宅のばあやさんにだけは、ある種のやさしい感情を抱いていますが……。昔を思い出してね……。百姓たちはどいつもこいつも一様に、無教養で、不潔な暮らしをしているし、インテリゲンチャとはそりが合わない、つきあうと疲れます。彼ら、わがよき隣人たちは皆、思想感情ともにコセコセして、自分の鼻より先は目に入らない――つまりは馬鹿です。一方、彼らより少しばかり利口で幾らかスケールも大きい連中は、ヒステリックで、分析だの反射だのにいかれている……。愚痴をこぼし、人を憎み、病的なくらい悪口を言い、横から寄って来て人を斜めにぬすみ見ては「ああ、こいつは神経症だ！」とか「口先だけの男だ！」とか決めつける。わたしの額に貼るレッテルに困ると「こいつは変わり者だ、変人だ！」とくる。森が好きだなんて、変だぞ、肉を食べないとは、これまた変だ、と言うわけです。自然に対して、また人間に対して、率直で純粋な、自由な態度で臨むことが、なくなってしまっている。なくなって久しい！（グラスを干そうとする）

ソーニャ　（それを妨げて）いけませんわ、どうかもうお止《よ》しになって。

アーストロフ　なぜですか？

ソーニャ　ふさわしくないからです！　先生はエレガントで、お声もとてもお優しい……。それだけじゃありません、私の知る限りで、一番美しく立派な方です。それなのになぜ、わざわざ、ほかの、飲んだくれてはカードをしているような人たちに、似ようとなさいますの？　お願い、そんなことはなさらないで！　先生はいつもおっしゃるじゃありませんか、人間は創造せず、天から与えられたものを破壊してばかりいるって……。じゃ、どうして、ご自分を破壊なさるの？　いけませんわ。私の、神かけてのお願いです。

アーストロフ　（〔右〕手をさしのべて）もうこれからは飲みません。

ソーニャ　お約束なさって。

アーストロフ　かたく約束します。

ソーニャ　（彼の手を強く握る）有難うございます！

アーストロフ　よし、と！　さあもう酔いはさめました。ほら、すっかり素面《しらふ》です。死ぬまでこの状態でいますよ。（時計を見る）それで、話のつづきですがね、さっきも言ったように、わたしはもう若くない、手遅れです……。老けたし、働き過ぎたし、俗物になって、感性もすっかり鈍ったので、他人に強い愛着を持つことが出来ないのだろうと思います。愛する人は誰もいない、この先、愛することもないでしょう。ただ、わたしを捉えるものがまだあるとすれば、美でしょう。美には無関心でない。もし仮りにエレーナ夫人がその気になれば、一日でわたしの頭を狂わすことも可能かもしれない……。でもそれは恋ではないし、愛着とも違う……。（片手で目を覆い、身震いする）

ソーニャ　どうかなさいまして？

アーストロフ　いや、ちょっと……。復活祭の前に、うちで患者が一人クロロホルムにかかったまま死にましてね。

ソーニャ　そのことは、もうお忘れになっていい頃ですのに。（ややあって）ねえ、アーストロフ先生……、もしも、私に友達か、妹がいて、その人が仮りに先生を好きだとしたら……。それをお知りになったら、先生はどうなさいますかしら？

アーストロフ　（肩をすくめて）さあ……。どうもしないでしょうな。わたしの方は好きにはなれない、ほかのことで頭が一杯だから、と分かっていただくしかありません。ところで、帰るとすれば、もう出なければなりませんな。失礼しますよ、ソーニャさん。でないと朝まで話しこみかねません。（握手する）客間を通らせてもらいます、おじさんに捕まると困るから。（退場）

ソーニャ　（一人で）何も言っては下さらなかった……。あの方の魂も心も、まだあたしには開かれていない。でもどうして、こんなに幸せな気分なんだろう？（幸せのあまり笑う）あたしったら「先生はエレガントで上品で、お声はとっても優しい」なんて言っちゃって……。でも、取ってつけたようじゃなかったわよね？　あの方のお声が、震えて、耳をくすぐる……、ほら、この空気の中に、あの方を感じるわ……。妹にかこつけた話は、分かってもらえなかったけど……。（両手を握りあわせ揉みしだいて）ああ、美人でないって、なんてつらいことなんだろう！　自分が美しくないのを、あたしは身にしみて知ってる……。この前の日曜日にも、教会から出てきた時、あたしの噂をしてるのが聞こえた。一人の女が言ったわ――「あのお嬢さんは親切でよく出来たお人だけど、不器量なのが玉に瑕《きず》だねえ……」って。不器量だって……。

エレーナ登場。

エレーナ　（窓を開けて回る）嵐がやんだわ。なんていい空気！
（ややあって）お医者さまは？
ソーニャ　帰られました。

ややあって。

エレーナ　ソフィー！
ソーニャ　なんですの？
エレーナ　いつまでわたしにふくれっ面《つら》をなさる気？　わたしたちお互いに何も悪いことなんかしてないのに、敵《かたき》同士でいるの、変じゃない？　もういいでしょう……。
ソーニャ　あたしも、そう思ってました……。（エレーナに抱きつく）怒るのはもうたくさん。
エレーナ　ああ、よかった。

二人とも感動している。

ソーニャ　パパは寝ました？
エレーナ　いいえ、客間で座ったまま……。わたしたち、理由も分からずに何週間も口をきかなかったのね……。（食器棚が開いているのに気づいて）どうしたの？
ソーニャ　アーストロフ先生が夜食をあがったんです。
エレーナ　ワインもある……。どう、二人でお近づきの乾杯《ブルーデルシャフト》をしない？
ソーニャ　しましょう。
エレーナ　同じグラスから飲むのよ……。（注ぐ）この方がいいんだから。じゃ、これで「あんた」の仲ね。*
ソーニャ　そうよ。
二人は飲み、接吻しあう。
あたし、ずっと前から仲直りしたいと思いながら、なんだか恥ずかしくて……。（泣く）
エレーナ　どうして泣くの？
ソーニャ　べつに……。あたし泣き虫なの……。
エレーナ　さあ、さあ、もういいわ……。（泣く）変な子ね、わたしまで泣いちゃったじゃない。

（ややあって）あんたは、わたしが欲得ずくでお父さんと結婚したと思って、腹を立てていたんでしょう……。あんたが誓いというものを信じるなら、誓ってもいいけど——わたしは恋をして結婚したの。わたしがあの人に夢中になったのは、学問のある、有名な人だったから……。その愛は本物じゃなく、作り物だった。でもその時のわたしは本物だと思ったの。仕方がないでしょう。でも、あんたは、わたしたちの婚礼以来ずっと、その賢そうな疑《うたぐ》り深い目で、わたしたちを咎《とが》め続けてきたのよ。

ソーニャ　むむ、仲直り、仲直り！　忘れましょう。

エレーナ　あんな目はしないで——あんたに似合わないわ。人を信じなさい、でなきゃ、生きては行けないのよ。

　ややあって。

＊「あんた」の仲　原文「では、トゥィで（話す）?・」。二人称代名詞の複数形ヴィから単数形トゥィへの移行（動詞変化などもそれに呼応）は、親しくなることの象徴。男同士なら「おれ・お前の仲になる」などと言えるが、日本語で話者が女性の場合は「あなた」「あんた」「お前」いずれもあり得て、移行は全体の口調《トーン》で表現するほかない。

ソーニャ　お友達として、本当のことを聞かせてちょうだい……。あなた、お幸せ？
エレーナ　いいえ。
ソーニャ　やっぱり、そうなのね。もう一つ質問があるの。正直に答えて――できることなら、若い旦那さんがいいと思う？
エレーナ　まあ、なんてあんた子供なんだろう。そりゃ、いいに決まってるじゃない！（声をたてて笑う）さあ、そのほか何でも、聞いて、聞いて……。
ソーニャ　あのお医者さんのことは、気に入ってる？
エレーナ　ええ、とっても。
ソーニャ　（声をたてて笑う）あたしの顔、馬鹿みたい、でしょ？　あのね、あの方はもうお帰りになったんだけど、あたしにはまだお声と足音が聞こえてる、窓の暗闇のなかに、お顔も見えてるの。ええ、あたしもすっかりお話ししますわ……。ただ、こんな大きな声じゃ、恥ずかしい。あたしのお部屋へ行って、話しましょう。あたしのこと、馬鹿みたいだと思う？　でしょうね……。あの方のことを何か聞かせて下さいな……。
エレーナ　どんなことを？

ソーニャ　賢い方でしょう……。なんでも出来るのよね……。病気もなおす、木も植える……。

エレーナ　問題は、森でもないし、医学でもないわ……、ねえソーニャ、あれは天賦の才なの！　天賦の才ってなんだかわかる？　勇敢さ、何ものにも囚われない思考力、スケールの大きさ……。一本の木を植えるにも、その千年先の姿を想像し、人類の幸福を思い描いてる……。そんな人はめったにいないし、いれば大切にしなきゃいけないの……。あの人はお酒も飲むし、少し粗野なところもある——でもそれがどうだって言うの？　才能ある人は、ロシアでは綺麗ごとでやっては行けないわ。考えてもごらん、あのお医者の日常がどんなものか！　歩くのも容易でないぬかるみ、凍るような寒さ、吹雪、恐ろしいほど長い道のり、粗野で非文化的な民衆、どこもかしこも貧しくて病気だらけ——こんな環境で、来る日も来る日も働き、闘っている人が、四十歳近くまでピカピカに清潔でいつも素面《しらふ》でいられるものかどうか……。（ソーニャに接吻する）わたしは心からあんたの幸せを願ってるわ。あんたはそれに値する人だもの。（立ち上がる）わたしの方は、つまらない、端役《はやく》が似合いの人間よ……。音楽の世界でも、夫の家でも、ロマンスの場面でも、つまりどこにいても、わたしはただの端役でしかなかった。つまり、ソーニャ、よく考えたら、わたしはとても、とても不幸せなのよ！（興奮して舞台上をあちこち歩きまわる）この世にわたしの幸せはない。ないんだわ！　あら、なに笑ってるの？

ソーニャ　（〔両手で〕顔をおおって笑う）あたしは、とても、幸せ……、幸せ……。

エレーナ　ああ、ピアノが弾きたくなった……。何か弾いてみようかしら。

ソーニャ　弾いて。（彼女を抱く）あたしは眠れないし……。ね、弾いてちょうだい！

エレーナ　待って。あんたのお父さん、眠ってないでしょう。加減の悪い時、音楽が聞こえると怒るのよ。行って尋ねてみて。かまわないっておっしゃったら、弾くわ。ね……。

ソーニャ　いいわ。（退場）

庭園で夜番が拍子木を打つ音。

エレーナ　ずいぶん長らく弾いていない。弾いて、泣こう。馬鹿みたいに、泣こう……。

（窓から外へ）エフィーム、拍子木を叩いてるのはお前かい？

夜番の声　さようで。

エレーナ　静かにしておくれ。旦那さまのお加減が悪いから……。

夜番の声　へい、すぐあちらへ参ります。（口笛）おーい、ジューチカ、マーリチク[*]！
……、ジューチカや！
ややあって。
ソーニャ　（もどって来る）だめですって！

幕

＊　いずれも飼い犬によくある名前。クロ、ポチなどのたぐい。

第三幕

セレブリャコーフ家の客間。右手、左手、中央と、三つの扉がある。——昼間。

ヴォイニーツキイとソーニャ（いずれも座っている）と、エレーナ（何か考えながら舞台上を歩きまわっている）。

ヴォイニーツキイ 教授殿は、本日午後一時までに我われ全員この客間に集合するように、と仰せられた。（時計を見る）一時十五分前か。広く一同に語りかけたいご意向のようで……。

エレーナ なにか、用件があるのでしょう。

ヴォイニーツキイ あいつに用件なんぞあるものか。たわごとを書く、文句を言う、嫉妬《やきもち》をやく、それだけだ。

ソーニャ （たしなめるように）おじさん！

ヴォイニーツキイ うむ、うむ、失敬。（エレーナの方を示して）ご覧、歩きながら、気怠《けだる》さでよろめいてる。けっこうですな、まったく！

エレーナ　あなたはまた、日がな一日ぶつくさ、ぶつくさと、よく嫌《いや》にならないことね！（憂鬱そうに）退屈で死にそう。どうすればいいのかしら。

ソーニャ　（肩をすくめて）することならいくらでもあるわ、その気になれば。

エレーナ　例えば？

ソーニャ　農地経営をやってみる、人に教える、治療する、いろいろあるじゃない？あなたとパパがいらっしゃる前は、ワーニャおじさんとあたしだって直接市場に行って小麦粉を商ったりしてたのよ。

エレーナ　わたしにはそんな能力はないわ。それにつまらないでしょう。百姓に教えるだの、病気を治してやるだのって、観念小説の世界じゃあるまいし、このわたしが藪から棒にそんなこと、しに行けると思う？

ソーニャ　あたしとすれば、なぜそれが出来ないのか、分からないわ。やれば慣れるものよ。（彼女を抱く）なさけない顔しないで。（笑いながら）あなたがそんな風に身をもてあましてると、退屈に怠け癖ってのは、伝染するのよ。ご覧なさい、ワーニャおじさんは何もしないで、あなたのあとばかり、まるで影みたいについて回ってるし、あたしも仕事をおっぽり出してあなたとお喋りしに行く……。怠けちゃって、どうしようもないわ！　アーストロフ先生だって、以前はめったにお見えにならず、月に一度お招きするのもやっとだったのに、近ごろは毎日いらっしゃる。大事な森も医学もほったらかし……。あなたって、魔女じゃないかしら……。

ヴォイニーツキイ　くよくよすることはありません。（勢いよく）わが麗しの君よ、利口におなりなさい！　あなたの血管には妖精《ルサールカ》＊の血が流れてるんだから、ルサールカになってしまえばいいんだ！　一生に一度くらい、自由にふるまって、さっさと水の精にでも惚れこんで、ドブンと淵《ふかみ》に飛び込んでしまいなさい。教授殿も我われも、皆アッと驚きますぜ！

エレーナ　（怒って）放っておいてちょうだい！　あんまりだわ！（出ていこうとする）

ヴォイニーツキイ　（それを遮って）まあ、まあ、エレーヌさん、ごめんなさい……。謝ります。（手に接吻する）仲直り。

エレーナ　天使だって怒り出すわ、きっと。

ヴォイニーツキイ　平和と友好のしるしにバラの花束を持ってきます。朝のうちからあなたのために用意したんだ……。秋のバラ――類《たぐ》いなくも、愁いをおびしバラの花よ＊＊

……。（退場）

ソーニャ　秋のバラ――類いなくも愁いをおびしバラの花……。

女二人、窓の外を見ている。

エレーナ　もう九月なんだわ。ここでどうやって冬を過ごすんでしょう！

（ややあって）お医者さまは？

ソーニャ　ワーニャおじさんのお部屋。何か書いてらっしゃるわ。……おじさんがいなくなって、ちょうどよかった。あたしあなたに聞いていただきたいことがあるの。

エレーナ　何の話？

ソーニャ　何の話って……。（エレーナの胸に顔を押しあてる）

エレーナ　まあ、どうしたの……。（ソーニャの髪を撫でてやる）いいわ、わかってるわ。

ソーニャ　あたし、不器量なの。

＊　スラヴ民族の伝説の女の水の精。前身は水死女と言われ、沼などに住む。長い緑色の髪をした美しい娘の姿で現れ、近寄る者を水中に引き込む。次行に見える「水の精」（ヴォデャノーイ）は、水による自然災害の象徴と考えられ、頭に角《つの》、手に鉤爪《かぎづめ》や蹄を持った男の形で描かれる。

＊＊　ロマンス（抒情歌曲）の歌詞めいているが出所不明。あるいはヴォイニーツキイの自作か。

エレーナ　こんなに綺麗な髪の毛をしてるじゃない。

ソーニャ　いいえ！（鏡に映った自分を見るため振り返る）駄目！　女が不器量だと、人はきまって「綺麗な目をしてますね、綺麗な髪ですね」なんて言うんだわ……。あたしは六年前からあの方を愛してるの。死んだ母を思う以上に、あの方を思ってる。いつもあの方の声が耳にあり、あの方の握手が手に残っていて、今にも入っていらっしゃるんじゃないかと、戸口の方ばかり見ているの。そしてほら、あの方の噂をしたさに、しょっちゅうあなたのところへ来るでしょう。あの方はこのところ毎日この家にいらっしゃる。でもあたしの方は見ない、あたしなど目に入ってもいない……。つらいわ！　あたしにはなんの希望もない。ないのよ！（絶望的に）ああ、神さま、力をお与えくださいまし……。ゆうべも一晩中お祈りしてたわ……。あたし、たびたびあの方に近づいて、こちらから話しかけたり、目を見つめたりしてるの……。自尊心も自制心もなくしてしまって……。とうとう昨日はワーニャおじさんにまで、好きなんだって打ちあけた。召使いたちも、あたしの恋に気づいてる。みんな知ってる……。

エレーナ　で、あの人は？

ソーニャ　いいえ。あの方の目にはあたしは入ってないもの。

エレーナ　（考えこんで）変わった人だからね……。ねえ、ソーニャ、よかったら、わたしから話してみましょうか？　むろん用心して、遠まわしによ……。（ややあって）ほんとに、いつまでこんな宙ぶらりんが続くやら……。話してみるわ！（ソーニャうなずく）そうしましょう。彼があなたを好きか、好きでないか、それを知るのは、さほど難しくはないと思うの。あなたは恥ずかしがらないでいいのよ。心配しなくても、ご本人も気づかないくらい上手に聞き出してみせるから。でもイエスかノーか、それが分かるだけでいいのかしら？（ややあって）もしノーだったら、もうここへは来ないようにしてもらう。そう？（ソーニャうなずく）会わなければ、ずっと楽になるわ。そうときまったら、善は急げ、すぐにも尋問してやりましょう。あの人、わたしに何かの図面を見せたいとか言ってたし……。あなた行って、わたしがお待ちしてるって伝えてちょうだい。

ソーニャ　（強い興奮状態で）本当のことを全部、あたしに話して下さる？

エレーナ　もちろんよ。真実は、たとえそれがどんなでも、不明のままよりはいいと、わたしは思ってる。任せなさい、ソーニャ。

ソーニャ　ええ、ええ……。あたし、あなたが図面を見たいとおっしゃってるって、伝えてきます……。（行きかけて、扉のそばで立ちどまる）いいえ、不明のままの方が、まし……。まだしも希望が持てるわ……。

エレーナ　なあに、ソーニャ？

ソーニャ　なんでもありません。（退場）

エレーナ　（一人で）他人《ひと》の秘密を知りながら助けられないのは、最悪だわ……。（考えながら）あの人がソーニャを恋していないのは、あきらかだ。でも、だからってあの娘《こ》と結婚しちゃいけないかしら？　ソーニャは美人ではないけれど、村医者の立場や彼の年齢からすれば、申し分ない奥さんでしょう。利口で、親切で、純な娘だもの……。いいえ、でも、大事なのはそれじゃなくて……、つまり……。（ややあって）可哀そうなあの娘《こ》の気持ちは、わたしにもよく分かる。この救いようのない侘しい暮らし、まわりをうろつくのは人間というより何か灰色のしみみたいなもの、聞こえるのは俗な話ばかり、ただ食べて、飲んで、寝るだけ、といったなかに、時たま彼が現れる……。ほかの者たちとは違った、美しい、魅力的な彼が、闇の中に浮かび出る冴えた三日月のように……。その魅力に身をゆだねて何もかも忘れたいと思うのは……。おや、どうやらわたし自身も少し魅《ひ》かれてるみたい。そうだわ、あの人がいない時はつまらないし、あの人のことを考えると自然に頬がゆるんでくるもの……。ワーニャおじさんによれば、わたしの血管にはルサールカの血が流れてるらしい……。「一生に一度くらい、自由にふるまって」か……。ほんとに、そうすべきかも知れない……。気ままな小鳥になって、あなたたちみんなから、その眠ったような姿とお喋りから、逃れて飛んで行き、あなたたちがこの世に存在することさえ忘れてしまったら、どんなにいいだろう……。でもわたしは臆病で引っ込み思案……。きっと良心の呵責に苦しむ……。現にあの人が毎日ここに来る理由《わけ》を思うだけで気が咎めて、ソーニャの前に跪《ひざまず》いて謝って泣きたい気持ちになるんだもの……。

アーストロフ　（図面を持って登場）こんにちは！（握手する）わたしの描《か》いたものをご覧になりたいそうで？

エレーナ　仕事を見せてあげる、と、昨日おっしゃったでしょう。今、お暇ですの？

アーストロフ　ええ、もちろんですよ。（ラシャ張りのカード・テーブルの上に図面をひろげてピンで留める）奥さん、お生まれはどちらですか？

エレーナ　（留めるのを手伝いながら）ペテルブルクですわ。

アーストロフ　じゃ学校は？

エレーナ　高等音楽院です。

アーストロフ　ではこんなもの、おもしろくないでしょう。

エレーナ　どうしてですの？　そりゃ、田舎のことは分かりませんが、読むだけはいろいろ読みましたのよ。

アーストロフ　この屋敷にはわたし専用の机があります……、イワン君の部屋にね。仕事に疲れてまったく頭が働かなくなった時など、何もかも放り出してここへ逃げて来て、一、二時間これで気晴らしをするんですよ……。イワン君とソフィヤさんがパチパチ算盤《そろばん》をはじいてる、その横で机に向かって絵の具を塗っていると、あったかくて、気がやすまる。コオロギが鳴いたりしてね。でもわたしがこの贅沢を自分に許すのは、たまのことです……、月に一度くらいかな……。（図面を指しながら）ではこれをご覧ください。わたしたちの郡の五十年前を示す地図です。濃い緑、淡《うす》い緑は森ですが、全面積の半分が森で占められているでしょう。緑の上に赤い網がかかっているのは、オオシカとヤギの生息地で……。わたしは動植物相も描きこんだんですよ。この湖にはハクチョウとガンとカモがいて、年寄りたちの言葉によれば、あらゆる種類の鳥どもが押すな押すなと雲のかたまりみたいに空を飛んでたそうです。大小の村のほか、そこここに移住者のミニ集落や農場、分離派教徒の隠れ修道院や、＊ 水車場などが点在しているのが分かるでしょう……。ウシ、ウマなども豊富にいて、それらは水色の絵の具で示しています。例えばこの水色の濃く塗ってある郷《ごう》＊＊には、ウマが大きな群れをなし、一軒につき三頭当たりにもなったそうですよ。（ややあって）つぎに下の図を見ましょうか。二十五年前の様子です。森は全体の三分の一に減り、ヤギは消えましたが、オオシカはまだいます。緑色も水色も、前のより淡くなり、その他いろいろなことがわかりますね。では三番目の図、現在のこの郡に移りましょう。緑色はそこここに見あたるものの、べったりではなく、とびとびの斑点に過ぎず、オオシカもハクチョウもエゾヤマドリも消えました……。以前の移住者のミニ集落も農場も、修道院も水車場も、跡形もありません。要するに、これは徐々にそして確実に進んでいる退化現象を示す図で、あと十年か十五年もすれば、この退

＊　十七世紀のニーコンの宗教改革に反対してロシア正教会の主流から「分離」し、古来の教義を守った人びとのグループを分離派、旧教徒などと呼ぶ。厳しい弾圧を逃れて、森の中などに集団で隠れ住むことが多かった。

＊＊　帝政ロシアにおける郡の下、村の上の行政単位。

化現象は行くところまで行ってしまうでしょう。これは文化的な影響だとか、古い生活が新しい生活に場をゆずるのは当然だとか、あなたはおっしゃるかも知れない。ええ、もし仮りに根絶やしにされた森にかわって道路や鉄道が通じ、いろいろな工場や学校が建ち、人びとがより健康に、金持ちに、賢くなっているのなら、それはわたしにも分かります。しかしとんでもない！　郡内では、沼も蚊の群れも、道の悪さも貧乏も、チフス、ジフテリアも、火災も、みなそのままだ……。我われが目《ま》の当たりにしているのは、生存への絶望的なあがきが原因となった退化現象で、鈍感さ、無知、自覚の完全な欠如がもたらしたものです。凍えて、飢えて、病んだ人間が、己れの余命と子供らを救うため、夢中で本能のままに、食べられる物・燃やせる物を片っぱしから取り、明日のことなど考えもせず破壊し尽くす、それなんですよ……。こうしてほとんどはすでに破壊され、代わるものはまだ何も創造されていないのです。（冷ややかに）全然おもしろくないと、お顔に書いてありますね。

エレーナ　あ、私、こういうことはあまり分からなくて……。

アーストロフ　分かる分からないじゃない。単におもしろくないってことです。

エレーナ　実を申しますと、私、別のことが頭にあって……。ごめんなさい。あなたに一つ小さな尋問をしなければなりませんの。それで、なんて切り出そうかと、うわのそらで……。
アーストロフ　尋問？
エレーナ　ええ、尋問、でも、そんなに深刻なことじゃないんです。座りましょう！
両名、座る。
じつは或る若い女の人のことなんですが。ねえ、お互い誠実な人間同士、お友達同士として、率直にお話しさせて下さいね。そしてお話がすんだら、中味は忘れることに……。よろしゅうございますか。
アーストロフ　よろしいです。
エレーナ　私の義理の娘ソーニャのことなんですの……。あの子のこと、お気に入ってらっしゃいます？
アーストロフ　ええ、尊敬しています。
エレーナ　女として、お気に入ってらっしゃる？
アーストロフ　（すぐにではなく）いいえ。
エレーナ　もう二言《ふたこと》、三言《みこと》――それでおしまいですから。あなた、何かお気づきになりませんでした?

アーストロフ　いいえ、何も。

エレーナ　（彼の手をとる）あなたはあの子を愛していらっしゃらない。お目を見れば分かりますわ……。あの子は苦しんでいます……。ですから……、どうか、この家にはもうおいでにならないで。

アーストロフ　（立ち上がる）わたしはもう若くはありません……。それに忙しすぎますし……。（肩をすくめて）いったい、いつわたしが？（困惑の体《てい》）

エレーナ　ふう、なんて嫌なお話しあいでしょ！　一〇トンもの荷物を背負ったあとみたいに、息ぎれがするわ。でも、おかげさまで終わりました。何もなかったみたいに忘れましょう……、そして……、お帰りになって……。あなたは賢い方だから、分かって下さいますわね……。

（ややあって）私、すっかり赤面してしまって。

アーストロフ　今のお話がもう二月《ふたつき》も前にあったのなら、わたしも考えてみたかも知れません……。しかし今となっては……。（肩をすくめる）あの方が苦しんでいらっしゃるとすれば、むろん……。ただ、わからないのですが、あなたは何のためにこんな尋問をなさる必要があったんですか？（彼女の目をじっと見つめ、それから、人差し指を立てて脅《おど》す）あなたは――ずるい人だ！

エレーナ　まあ、どういう意味ですの？

アーストロフ　（声をたてて笑いながら）ずる賢い人だ！　ソーニャが苦しんでる――それはじっさいそうだとしましょう、でも、それがどうしてあなたの尋問になるんですか？（口を開こうとするエレーナを遮って、鋭く）そんな意外そうな顔をなさっても駄目です。わたしがなぜ毎日のようにここに来ているかは、百もご承知じゃないですか。なぜ、誰のためにここにいるのか、あなたにはよーく分かっている。可愛い顔した肉食獣のエレーナさん、そんな風にわたしをご覧になっても駄目です。わたしは年功積んだ古雀*ですからね……。

エレーナ　（けげんそうに）肉食獣って？　なんのことでしょう。

アーストロフ　美しい、ふさふさ毛のイタチですよ……。あなたには生《い》け贄《にえ》が必要なんだ！　ご覧の通り、わたしはもうまる一月働かず、すべて放り出したまま、熱くなっ

＊ 年功積んだ古雀　原文「年とった雀」。老練な者、古強者《つわもの》の意味で使う。

てあなたの姿を追いかけている——それがあなたには猛烈気に入ってるんだ、猛烈にね……。まあ、仕方ないか？　わたしの負けです。こんなこと、尋問するまでもなく、あなたにはよく分かっていたんだ。（腕組みをし、それからカクンと頭を下げて）降参です。さあどうぞ食って下さい。

エレーナ　馬鹿なことおっしゃらないで！

アーストロフ　（歯をくいしばったまま笑う）ご辞退にはおよびませんよ……。

エレーナ　わたくし、そんな低級な、悪い女ではございませんわ！　神かけて誓います！（出て行こうとする）

アーストロフ　（彼女の行く手を遮って）わたしは今日お暇《いとま》したら、もうここには来ません、でも……、（彼女の手をとり、周囲を見まわして）それならどこでお逢いしましょうか？　さ、早く！　人が来ますから、早く言って下さい、どこがいいですか？（情熱的に）なんて美しい、あでやかな人だ……。一度だけ、キスを……。せめて、そのかぐわしいお髪《ぐし》に……。

エレーナ　誓って言いますが……。

アーストロフ　（彼女に喋らせず）何を誓うんです？　誓う必要なんかない。言葉は邪魔

です……。ほんとに綺麗だ！　この手も！（両手に接吻する）

エレーナ　いいかげんにして下さい……。あちらにいらして……。（手を引っこめる）正気とも思えないわ。

アーストロフ　言ってください、明日、二人でどこで逢いましょう？（彼女の細腰を抱きよせる）わかった？　もう手遅れだよ、逢うほかないんだったら。*（接吻する。この時バラの花束を持ったヴォイニーツキイ登場、扉のそばで立ちどまる）

エレーナ　（ヴォイニーツキイには気づかず）かんにんして……。放して……。（アーストロフの胸に顔を埋める）いけないいわ！（離れようとする）

アーストロフ　（抱きしめたまま）明日、森の事務所へおいで……、二時前に……。いい？いいね、来てくれるね？

エレーナ　（ヴォイニーツキイに気づく）放して下さい！（狼狽して窓の方に離れる）ひどいわ、こんなこと。

＊　わかった？　もう手遅れだよ……　ここから次の「明日、森の事務所へ……来てくれるね？」まで、アーストロフは人称代名詞トゥィによるインチメートな口調でエレーナに語りかけている。

ヴォイニーツキイ　（花束を椅子の上に置く。心おだやかならず、顔と襟《く》内《び》をハンカチで拭く）なあに……、まあ……、いいでしょう……。

アーストロフ　（不機嫌な顔で）親愛なるイワン・ヴォイニーツキイ先生、本日はお天気もよろしく……。朝は曇って、ひと雨来そうでしたが、今じゃ陽《ひ》が照ってます。掛値なしに、結構な秋ですな……、この分では冬越えの作物も上出来でしょう。（図面をくるくると巻いて筒にする）惜しむらくは、日が短くなりました……。（退場）

エレーナ　（急いでヴォイニーツキイに近寄る）なんとかして、わたしとうちの人が今日中にここを出て行けるように、力を貸してちょうだい！　いいこと？　今日中によ！

ヴォイニーツキイ　（顔を拭いながら）え？　ああ、そう、いいでしょう……。僕は、エレーヌ、すっかり見てたんですよ、すっかり……。

エレーナ　（いらいらして）わかった？　わたし出発しなきゃならないの、今日中に！

セレブリャコーフ、ソーニャ、テレーギン、マリーナ登場。

テレーギン　閣下、じつはわたくしも体調がすぐれませんで。これでもう二日、ふらふらしております……。どうも頭が、その……。

セレブリャコーフ　ほかの連中はどうした？　この屋敷は好かん。迷宮かなんぞのように、バカでかい部屋が二十六もあって、皆てんでんばらばら、探す相手の見つかったためしがない。（呼び鈴を鳴らす）お母さんとエレーナ奥さんに、こちらへ来ていただくように言いなさい！

エレーナ　わたしはここにいますわ。

セレブリャコーフ　では諸君、座っていただこう。

ソーニャ　（エレーナに近寄り、もどかしげに）あの方、なんておっしゃった？

エレーナ　あとで。

ソーニャ　あなた、震えてるの？　そんなに興奮して……？（さぐるように相手の顔を見る）わかったわ……。もうここへは来ないって、そうおっしゃったんでしょう、違う？（ややあって）返事して。そうなの？

エレーナ、うなずく。

セレブリャコーフ　（テレーギンに）病気なら、まあどう転んでも、なんとか付きあっていけるが、この田舎暮らしの仕組みばかりは、消化しきれん。まるで地球を離れて見知らぬ星に落下したようなものだ。さあ、全員着席してくれたまえ！　ソーニャ！

ソーニャは父の声が耳に入らず、悲しげにうなだれて立っている。

ソーニャ！（ややあって）聞こえんのか。（マリーナに）ばあや、お前も座りなさい。

マリーナは腰をおろし、靴下を編む。

それでは諸君、耳を注意の釘にひっかけて、よく聞いてもらいたい。*（二人で笑う）

ヴォイニーツキイ　（興奮したまま）ひょっとして、僕は余計じゃないですか？　はずしていいかな？

セレブリャコーフ　いや、君が一番肝心なんだ。

ヴォイニーツキイ　わたしがあなたさまのお役にたちますので？

セレブリャコーフ　あなたさまの？……君、何を怒ってるんだね？（ややあって）もしわたしに失礼があったのなら、お詫び申し上げますが。

ヴォイニーツキイ　へんな言い方はやめて下さい。用件に入りましょう。何の話です。

ヴォイニーツカヤ老夫人登場。

セレブリャコーフ　ああ、ママンも来られた。では始めます。（ややあって）わたしが諸君をお招きしたは、ほかでもない、この町に検察官が来るからですぞ。** と、まあ冗談はさておき、重要な問題であなた方の援助とアドバイスをお願いしたく、お集まりいただいた。日頃のご親切に甘えて、皆さんをあてにする次第です。わたしは学者で本の虫で、昔から実生活には疎《うと》いので、その道のエキスパートに指図を仰がねば何も出来ん、そこでイワン君、君《きみ》や、テレーギンさん、ママン、あなた方に、よろしくお頼み申したい……。問題は、マネト・オムネース・ウーナ・ノクス***、すべての者をただ一つの夜が待つ、すなわち我われは皆、神の御心のもとにある、ということです。わたしも老齢かつ病身ですから、家族にかかわる範囲で資産問題を整理しておくのが、時宜に適うと愚考する。わたしの人生はすでに終わり、自分のことはどうでもよいが、わたしには若い妻と嫁入り前の娘がおりますから。

（ややあって）田舎に住み続けることは、わたしには出来ない、我われは田舎向きに作

---

* 耳を注意の釘にひっかけて……　ペルシャなど中近東の古い物語のロシア語訳者は、冒頭このように言ってから、話を始めることが多かったという。

** わたしが諸君をお招きしたは……検察官が来るからですぞ　ゴーゴリ『検察官』第一幕冒頭の市長の台詞。

*** **manet omnes una nox**　ラテン語。「すべての者をただ一つの夜が待っている」。ローマの詩人ホラーティウスの『カルミナ』第一巻第二八歌。このあとに「そして死の道を一度は歩まざるを得ない」と続く。

られておらんのです。かといって、この領地からの上がりで町に住むのは不可能だ。仮りに、例えば森を売る*としても、それはあくまで非常手段で、毎年繰り返すわけには行かない。そこで、多少ともまとまった額の収入を、恒常的に保証できる手段を講じる必要がある。そしてわたしはそのような手段を一つ考えつきました。ここに諸君のご検討を願う所以《ゆえん》です。細部はさておいて、概略を申しあげよう。我われの領地からの上がりは、平均して二パーセントを越えない。それで、わたしはこの領地の売却を提案する。そしてその代金を有価証券に換える。すると年に四パーセントないし五パーセントの利子が入り、加えて、わたしが思うに数千ルーブルの剰余金が出て、それでフィンランドに小さな別荘の一つも買うことが出来るでしょう。

ヴォイニーツキイ　待った……。おれの耳がおかしくなったのかな。今のところ、もう一遍言ってくれ。

セレブリャコーフ　代金を有価証券に換え、残りでフィンランドに別荘を買う。

ヴォイニーツキイ　フィンランドじゃない、何かほかのことを言ったろう。

セレブリャコーフ　領地の売却を提案する。

ヴォイニーツキイ　そう、それだ。君が領地を売る……、結構。すばらしい着想だ……。

で、おれには、年老いた母とこのソーニャをつれて、どこへ行けと命令なさるのかね?

セレブリャコーフ　そんなことはすべて、追いおいに決めるさ。すぐには無理だ。

ヴォイニーツキイ　待った。どうやらおれは、これまで健全な判断力というものを一切持たなかったらしい。愚かにも、この領地はソーニャのものだと思いこんでいたぞ。死んだ親父はおれの妹の嫁入り支度としてここを買った。おれは素直に、トルコ式ではなく法律を理解して、領地は妹から娘ソーニャの手に渡ったと思っていたが。

セレブリャコーフ　その通り、領地はソーニャのものですよ。誰がそれに異論をとなえました? わたしはソーニャの同意なしに売りはせん。それに第一、わたしはソーニャの幸せを思ってこの提案をしておるんだ。

ヴォイニーツキイ　分からん、まったく分からん! あるいはおれの頭がおかしくなったのか、それとも……、それとも……。

＊森を売る　この言い方には次の三つの場合が含まれる。①一定区画の森を地面ごと売る、②一定区画の森の伐採権を譲渡する、③自前で森を伐採し木材として売る。この時代②のケースが多くおこなわれ、伐採権を得た商人が若木まで根こそぎにして、自然破壊を激化させた。

ヴォイニーツカヤ老夫人　ジャン、アレクサンドルに逆らうんじゃありません。この人は、事の善《よ》し悪《あ》しをあたしたちよりずっとよく弁《わきま》えていなさるんだから。

ヴォイニーツキイ　いいや。しかし水を一杯もらおう。（水を飲む）さあ、喋れ、言いたいことを全部言ってみろ!

セレブリャコーフ　どうしてそう興奮するのかね。わたしは自分の案が理想的なものだとは言っとらんだろう。諸君がそれを不適当と思うなら、無理強《じ》いはせんよ。

ややあって。

テレーギン　（もじもじしながら）閣下、わたくしめは学問に対しまして、敬意のみならず親しみも抱いておりましてな。わたくしの兄グリゴーリイの家内の弟は、ご承知かも知れませんがコンスタンチン・ラケデモーノフと申して、学位を持っておりまして……。

ヴォイニーツキイ　待て、ワッフル、今とりこみ中だ……。あとにしろ、な……。（セレブリャコーフに）そうだ、この人に聞いてみたまえ。うちの領地はこの人のおじさんから買ったものだ。

セレブリャコーフ　何を聞くんだね?　関係ないだろう。

ヴォイニーツキイ　当時この領地は九万五千ルーブルした。親父は七万だけ支払い、二万五千は借金として残った。そこで皆さん、よく聞いて下さいよ……、もしその時わたしが妹のために――わたしは妹をとても可愛がっていたので――自分の相続分を放棄しなかったら、この領地は買えなかった。それればかりじゃない、その後十年、わたしは牛のように働いて、その二万五千の借金を全部払ってやったんだ……。

セレブリャコーフ　この話を始めたのは、まずかったようだ。

ヴォイニーツキイ　領地が抵当から抜けたのも、経営がなんとか成り立っているのも、ひとえにわたしの努力のたまものだ。それを、年とった今になって、無理やり追い出そうってのか！

セレブリャコーフ　君が何を目論んでそんな話をするのか、さっぱり分からんよ！

ヴォイニーツキイ　二十五年間わたしはこの領地を経営し、働き、あんたに金を送り続けた。この上なく良心的な管理人のように、だ。しかしその間、あんたから礼を言われた覚えは一遍もない。若い時から今までずっと、わたしは年に五百ルーブルという、乞食みたいに惨《みじ》めな金額の給料しかもらってないが、あんたはそれをビタ一文ふやそうとはしなかった！

セレブリャコーフ　イワン君、なんでそんなことがわたしに分かるかね。わたしは実生活に疎い人間なんだよ。君が好きなだけ自分で増額すればよかったんだ。

ヴォイニーツキイ　わたしが盗めばよかったというのか？　じゃ、盗みもしなかったわたしを、あんたたちは軽蔑すればいいんだ。それが正しいかも知れん。盗んでいれば、わたしも今こんな乞食にならずに済んだんだからな！

ヴォイニーツカヤ老夫人　（きびしく）これ、ジャン！

テレーギン　（おろおろしながら）ワーニャ、頼むから、よせよ、な……。わしは震えが来る……、なんでせっかくのいい仲を、こわすんだ？（イワンに接吻する）もういいじゃないか。

ヴォイニーツキイ　わたしは二十五年間この母と、まるでモグラみたいに壁の中に閉じこもっていた……。我われの思想も感情も、あんた一人で占められていた。昼はあんたやあんたの仕事の話をし、あんたを誇りに思い、あんたの名前を口にする時は居住まいを正したもんだ。夜はよっぴて雑誌や本を読んだが、今思えばどれもこれも、じつにくだらんしろものだったね！

テレーギン　やめてくれ、ワーニャ、わしはもう……。

セレブリャコーフ　（憤然として）さっぱりわからん、何をどうしろと言うんだ？

ヴォイニーツキイ　あんたは我われにとって天上の存在で、あんたの論文はすべて暗記していたよ……。でも今やわたしの目からはうろこが落ちた！　なんでも見えるぞ！　あんたは芸術論を書いてるが、芸術のことなぞ、からきし分かっちゃいないさ！　わたしが夢中だったあんたの論文には、三文の値打ちもない！　あんたはわれわれをペテンにかけた！

セレブリャコーフ　諸君、この男を静かにさせてくれ。あんまりだ。わたしは失礼する。

エレーナ　イワンさん、わたしも要求するわ――お黙りなさい！　いいわね？

ヴォイニーツキイ　黙りません！（セレブリャコーフの行く手を遮って）待て、まだ話は済んでない！　お前はおれの人生を台無しにした。おれは生きていなかったも同然だ！　お前のせいで人生の最良の時を台無しにした、失ってしまった！　お前はおれの不倶戴天の敵《かたき》だ！

テレーギン　もうだめだ、いたたまれん……。（蒼惶《そうこう》として退場）

セレブリャコーフ　わしにどうしろと言うのか。第一、わしに向かってその口のききようはなんだ。このろくでなしめが！　領地が自分のものだと言うんなら、勝手に取れ。

わしはそんなものどうでもいい！

エレーナ　今すぐこの地獄から出て行くわ！（叫ぶ）ああ、もうたくさん！

ヴォイニーツキイ　人生は破滅した！　おれは才能のある、頭のいい、勇敢な男で……、もし順調に来たら、ショーペンハウエルにも、ドストエフスキイにも、なれたんだ……。いや、何か馬鹿なことを言ってるぞ！　気がふれるところかな……。母さん、おれはもう駄目です。母さん！

ヴォイニーツカヤ老夫人　（きびしく）アレクサンドルの言う通りにしなさい！

ソーニャ　（乳母の前に膝をつき、しがみついて）ばあや！　ばあや！

ヴォイニーツキイ　母さん、どうすればいいんですか？　いや、何もおっしゃらなくてけっこう、自分で分かっています！（セレブリャコーフに）いまに思い知ることがあるぞ！（中央の扉から退場）

ヴォイニーツカヤ老夫人、彼を追って退場。

セレブリャコーフ　諸君、なんて騒ぎだ、まったく。あの気違いをどこかへやってもらおう！　一つ屋根の下に住むのはまっぴらだ。奴はそこ……、（と中央の扉をさして）目と鼻の先にいるじゃないか……。あいつを村へ行かせるか、離れに住まわせるか、それともわたしが引っ越すか、ともかく同じ家で暮らすことは出来ん……。

エレーナ　（夫に向かって）わたしたち、今日のうちにここを発《た》ちましょう！　すぐに手配しなければなりませんわ。

セレブリャコーフ　人間の屑だ！

ソーニャ　（跪いたまま、父親の方に向きなおり、神経的に、涙声で）パパ、いたわりの気持ちが持てないの！　あたしもワーニャおじさんも、とても不幸なのよ……。（絶望感に耐えながら）いたわる気持ちになって！　パパが若かった頃、ワーニャおじさんとおばあさまは、毎晩パパのためにいろんなご本を翻訳したり、*パパの原稿を清書したりなさってたじゃありませんか……、いつもいつも、夜明けまでよ！　あたしもおじさんも息もつかずに働いて、自分のためには一コペイカも無駄にせず、ずーっとパパにお金を送ってきたわ……。あたしたち、ただでパンをいただいてたわけじゃないのよ！　あたし、うまく言えない……、言えないけど……、でも、パパはあたしたちの

＊　パパのためにいろんなご本を翻訳……　セレブリャコーフはその出身階層からしてフランス語が得意でなく、ヴォイニーツキイ親子が彼地の文献を翻訳して援助したのであろう。

こと、分かって下さらなきゃ……。いたわる気持ちを持って下さらなきゃ！

エレーナ　（心動かされ、夫に）あなた、どうかイワンさんと、ちゃんと話し合って下さいな……。お願いしますわ。

セレブリャコーフ　わかった、話し合ってみよう……。わたしはなにも彼を咎めているわけでも、怒っているわけでもない。しかしどうだ、あいつの振舞いは、すくなくとも変じゃないか。まあいい、行ってみよう。（中央の扉に向かう）

エレーナ　なるべく穏やかに、あの人の気持ちを静めるようにして……。（夫に続く）

ソーニャ　（乳母にとりすがって）ばあや！　ばあや！

マリーナ　なんでもありませんよ、お嬢ちゃん。雄のガチョウどもは、ちいとばかりガアガア騒いで、おさまります……。ガアガア言って、そのうちやめますよ……。

ソーニャ　ばあやったら！

マリーナ　（ソーニャの頭を撫でてやる）凍《しば》れの時みたいに震えてなさる！　お可哀そうに……。でも神様はお恵み深うございますよ。菩提樹かキイチゴのお茶を飲めば、震えもおさまります……。そんなにお嘆きなさるな……。（中央の扉を見て、腹だたしげに）おやまたガアガアやりだした、ええ、馬鹿もんども！

舞台裏で銃声一発。エレーナの悲鳴が聞こえる。ソーニャ身震いする。

セレブリャコーフ　（恐怖によろめきながら駆け込んでくる）あいつを止めろ！　止めてくれ！　奴は気が違った！

ええ、くそったれめが！

扉のところでエレーナとヴォイニーツキイが争っている。

エレーナ　（ピストルを取り上げようとして）寄越しなさい！　寄越しなさいってば！

ヴォイニーツキイ　放して、エレーヌ！　どうか、放して下さい！（身をふりほどいて駆け込んで来ると、目でセレブリャコーフを探す）どこだ？　ああ、いたな！（狙って撃つ）バン！

（ややあって）駄目か？　またはずれた？（憤怒の表情で）ち、ちくしょう……。もう、どうにでもなりやがれ……。（ピストルを床に打ちつけ、ぐったりと椅子に倒れこむ）

セレブリャコーフは呆然としている。エレーナは壁で体を支える──気分が悪くなったのである。

エレーナ　あたしをここから連れ出して！　連れ出すか……、殺すか……、ともかくここにはいられない！　いられないわ！

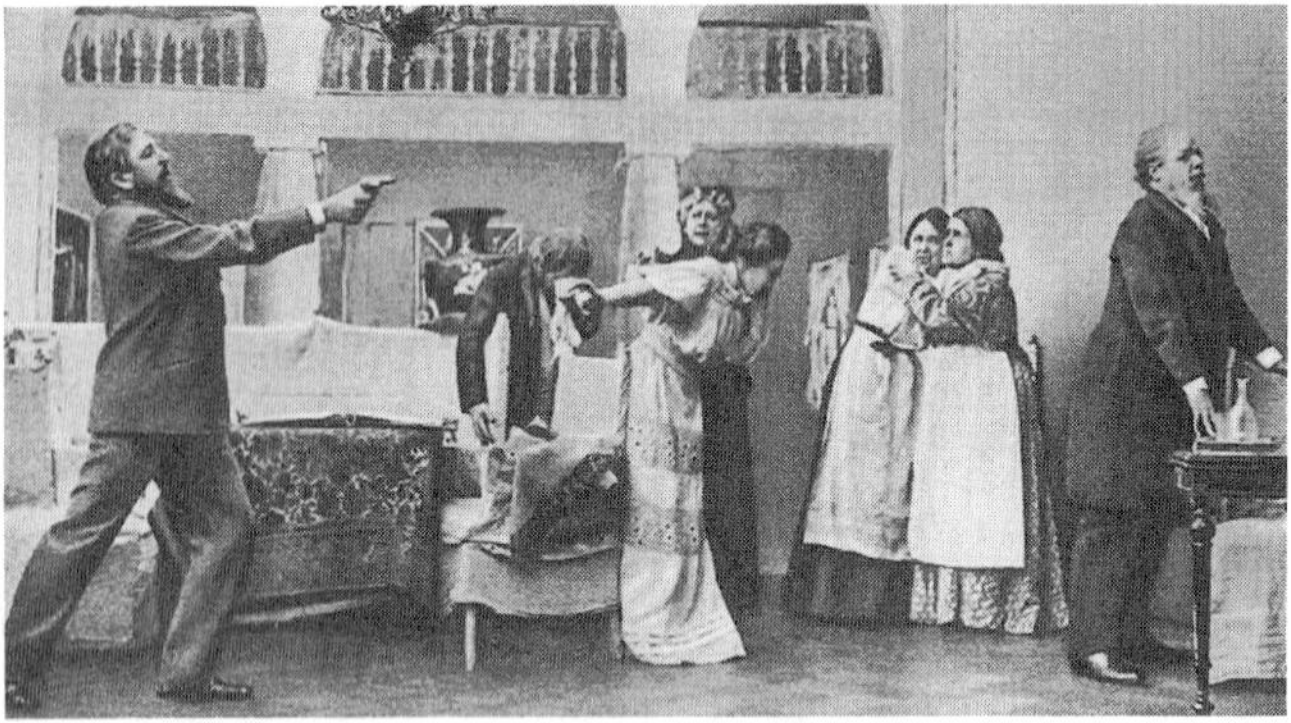

モスクワ芸術座，1899 年

ヴォイニーツキイ　（絶望して）ああ、おれは、おれは、なにをしているんだ！

ソーニャ　（小さな声で）ばあや！　ばあや！

幕

第四幕

イワン・ヴォイニーツキイの部屋。彼の寝室と領地の事務室をも兼ねている。窓のそばに、出納簿とあらゆる種類の紙切れを載せた大きな机と、前面が斜めになった立書用事務机、幾つかの戸棚、秤《はかり》がある。やや小さな机はアーストロフ用で、絵画用品や絵の具が載っており、そばに紙挟みがある。鳥かごにホシムクドリがいる。壁には、ここの誰にも必要なさそうなアフリカの地図。馬鹿でかいソファは防水布張りである。左手に奥の部屋々々に通じる扉、右手に入口控えの間への扉。右手の扉の所には、百姓たちが床を汚さぬよう靴拭きマットが敷いてある。

——秋の夕暮れ。静寂。

テレーギンとマリーナが向かいあって座り、靴下用の毛糸の巻取りをしている。

テレーギン　急いで下さいよ、ばあやさん。すぐに、お別れをしに来いって呼ばれるから……。もう馬車も言いつけておられたしね。

マリーナ　（巻く手を速めようと努める）あともうちょっとですよ。

モスクワ芸術座，1899年

テレーギン　ハリコフへ行って、あそこで暮らされるそうだ。

マリーナ　それはけっこうで。

テレーギン　お二人とも胆《きも》をつぶしたんだな……。エレーナさんときたら「もう一時間だって我慢できない、すぐに、今すぐに発ちましょう……。ハリコフに一旦落ちついてから、荷物を取りに来させればいいから……」ってんで、取るものも取りあえずご出立だ。つまりな、ばあやさん、あの人たちはここで暮らす運命じゃなかった。運命が違ったんだ……。前世からの定めだよ。

マリーナ　けっこうですよ。さっきみたいな騒ぎやズドン！　なんて、恥さらしもいいところですから！

テレーギン　そうさな、まるでアイヴァゾーフスキイ*の絵のテーマだ。

マリーナ　二度と見たかありません。

（ややあって）また以前のようにして、暮らせるわけですね。朝の七時すぎにはお茶、十二時すぎには正餐《アベード》、そして夕方には晩御飯の食卓に座る。万事《よろず》けじめをつけて、世間並みに……、キリスト様の信者らしく。（ため息をついて）もう長らくわたしは、罰あたりな、精進のうどん汁**をいただいておりませんよ。

テレーギン　うん、久しくこの家じゃうどんスープを作らなかったな。（ややあって）久しく、か……。なあ、ばあやさん、わしは今朝、村を歩いていて、雑貨屋の親父にうしろから「おい、居候《いそうろう》！」って呼ばれたんだよ。まったく、情なかった！

マリーナ　気になさるな、旦那さん。わたしらは皆、神様の居候ですもの。それにあんたさんにしても、ソーニャさんやイワン旦那さんにしても、誰一人遊んではおられません。わたしらみんな働いてますもの。みんなで……、おや、ソーニャさんはどこへ行かれたかしら？

テレーギン　庭だよ。さっきからお医者といっしょにイワン君を探しまわってる。ひょっとして自分で自分に手を下したりしやせんかと、心配して……。

＊　ロシアの画家（一八一七―一九〇〇）。「第九の波」「黒海」など、雄大な海洋風景や、自然の猛威とたたかう人間を描いて有名で、テレーギンは誰かと混同し見当はずれなことを言っている。

＊＊　うどん汁、うどんスープ　スープ・ラプシャー。ロシアの田舎料理で、干し茸をもどして出汁《だし》を取り、きしめん風の平たいパスタを入れたもの。信者である乳母は、セレブリャコーフ夫妻が来てから肉食ばかりで精進日を守れないので、自分を「罰あたりな」と言ったのであろう。

マリーナ　あの人のピストルはどこへ行きました？
テレーギン　（声をひそめて）わしが穴蔵に隠したよ。
マリーナ　（微苦笑して）それはそれは。

外からヴォイニーツキイとアーストロフ登場。

ヴォイニーツキイ　放っといてくれ。（マリーナとテレーギンに）ここから出ていってくれんか。一時間だけでも一人になりたい。保護観察はまっぴらだ。
テレーギン　うん、わかったよ、ワーニャ。（爪先立ちで退場）
マリーナ　ガチョウはガァ、ガァ！（毛糸をかき集めて退場）
ヴォイニーツキイ　放っといてくれったら！
アーストロフ　喜んで放っておきたいよ、おれもとっくにこの家を出てなきゃならんのだ。しかし、重ねて言うが、君がおれから取った物を返すまで、発つわけにはいかん。
ヴォイニーツキイ　おれは何も取ってない。
アーストロフ　真面目な話だ、あんまりじらすな。ただでさえ出発が遅れてるんだから。
ヴォイニーツキイ　おれは何も取ってない。

二人とも座る。

アーストロフ　そうかね？　じゃ仕方がない、もう少しだけ待って、そのあとは、悪いが力ずくでやるよ。君を縛りあげて、調べる。おれは本気で言ってるんだぜ。

ヴォイニーツキイ　勝手にしろ。（ややあって）おれはなんてどじなんだ！　二度もぶっぱなして、一度も当たらんとは！　未来永劫、自分で自分が許せん！

アーストロフ　そんなにぶっぱなしたけりゃ、自分の額をぶち抜けばよかったんだ。

ヴォイニーツキイ　（肩をすくめて）へんだな。おれは人を殺そうとしたのに、逮捕もされず、裁判にもかけられない。どうやら皆して、おれのことを狂人だと決めたな。（毒々しく笑う）おれが狂人で、正常なのは教授だの学問の神官だのの仮面をかぶり、自分の能力のなさや鈍さや心の冷たさを隠している奴らか。年寄りと結婚しておいて公然と夫を裏切る、そいつらも正常なんだ。おれはちゃんと見たぞ、あんたが彼女を抱いてたのをな！

アーストロフ　さよう、抱かせていただきましたな。君にはお気の毒でしたが。（鼻に親指の先を当て他の指をひらひらさせる）*

＊ 相手を馬鹿にするしぐさ。

ヴォイニーツキイ　（扉の方を見ながら）いや、君らをいまだにのっけてる、この地球が狂ってるんだ！

アーストロフ　ふん、馬鹿げたことを。

ヴォイニーツキイ　いいじゃないか、おれは狂人で責任能力がないから、馬鹿なことを言う権利があるんだ。

アーストロフ　ばかばかしい！　君が狂人なもんか、ただの変人だ。道化役さ。まあ、おれも昔は、変人というのは病人で、正常じゃない、と思ってたがね。今じゃ考えを改めた——人間の正常な状態とは、すなわち変人たることなり、だ。したがって君も完全に正常だよ。

ヴォイニーツキイ　（両手で顔を隠す）恥ずかしい！　どんなにおれが恥ずかしいか、とても君には分かるまい。このヒリヒリする恥の感覚は、どんな痛みよりつらい。（やるせなげに）ああ、たまらん！（テーブルに［肘をついて］うなだれる）どうすれば……、おれはどうすればいいんだ？

アーストロフ　どうもしなくていいよ。

ヴォイニーツキイ　何か、することをくれ。ああ……。おれは四十七だ、仮りに六十ま

モスクワ芸術座，1947 年

で生きるとしたら、あと十三年残ってる。長い……。どうやって十三年も暮らすんだ、何をしてそれだけの年月を埋めればいい？　なあ、君……。（ひきつるようにアーストロフの片手を握りしめる）なあ、この残りの人生を、なんとかあらたに生き直すことは出来ないだろうか……。或る晴れた静かな朝、目をさまして、おれは人生を新しく始める、過去はすべて忘れられ、煙のように消えた、と感じることが出来たら……。（泣いている）新しい人生を――なあ、教えてくれ――どうやって、何から始めればいいか……。

アーストロフ　（うんざりして）いいかげんにしろよ！　今さらどんな新しい人生があるってんだ！　我われの置かれてる状況なんて、君にもおれにも、絶望的なだけさ。

ヴォイニーツキイ　そうなのか？

アーストロフ　おれはそう確信してるな。

ヴォイニーツキイ　何か、くれないか……。（心臓のところを指しながら）ここんとこが焼けるみたいなんだ。

アーストロフ　（怒って怒鳴る）いいかげんにしろったら！（少し声をやわらげて）今から百年、二百年あとの、我われがこんな馬鹿げた殺風景な人生を送ったことを軽蔑するような人間たちなら、ひょっとして、幸せになる方法も見つけるかもしれん。しかしおれたちには……、せいぜい、一つ希望があるだけだ。どんな希望かと言えば――いずれ自分らが棺おけに横たわる時、幻《ゆめ》が、それもひょっとしたら心地よい幻《ゆめ》が、我われを訪れてくれるかもしれん、という……。*（ひとつため息をついて）なあ、兄弟、かつてこの郡内には、まともなインテリが二人だけいた――おれと君だ。しかし十年もたつうちに、俗物的生活、卑しむべき生活が、おれたちを引きずりこみ、腐ったガスでおれたちの血を濁らせ、結果おれたちもそこいらの連中と同じ俗物になってしまったんだ。（口調を改めて）ところで君、はぐらかすのはやめて、取ったものを返せ。

ヴォイニーツキイ　おれは何も取ってない。

アーストロフ　君はおれの携帯用の薬箱からモルヒネの瓶をくすねた。（ややあって）いいか、もしどうしても死にたいっていうんなら、森の中でズドンとや

＊　棺おけに横たわる時、幻《ゆめ》が……　この台詞の背後には『ハムレット』第三幕第一場の有名な独白 **To be, or not to be**―に続く「死ぬ、眠る、それだけだ……死ぬ、眠る、おそらくは夢をみる……」がひそむと思われる。チェーホフの若い頃の作品では、人生に絶望した主人公がしばしば自分をハムレットになぞらえている。

っ て く れ。モルヒネの方は返してもらわんと、よけいな噂や憶測が飛びかって、おれが君に薬をやった、なんてことになりかねん……。おれにしてみりゃ、君を解剖させられるだけでも、いい迷惑なんだぞ……。愉快な仕事だとでも思ってるのか？

ソーニャ登場。

ヴォイニーツキイ　放っといてくれ。

アーストロフ　（ソーニャに向かって）ソフィアさん、おじさんはわたしの薬箱からこっそりモルヒネの瓶を持ってって、返してくれないんですよ。言ってあげて下さい、そういうのは、少なくとも……、利口じゃないって……。わたしは急いでるんです、もう行かなきゃなりません。

ソーニャ　ワーニャおじさん、モルヒネを取ったの？

ややあって。

アーストロフ　取ったんです、間違いありません。

ソーニャ　返しなさい。どうしてあたしたちを怖がらせるの？（やさしく）返してね、ワーニャおじさん！　あたしは、多分、おじさんと同じくらい不幸せなのよ。でもやけになったりはしないわ。我慢して、我慢して、命が自然に尽きる時まで我慢しつづけるつもりよ……。だから、おじさんも我慢して。（ややあって）返してちょうだい！（おじの両手に接吻する）大好きな、あたしの大切なおじさん、返して！（泣いている）おじさんはいい人だもの、あたしたちを可哀そうに思って、返して下さるでしょう。どうか、我慢して下さいね！

ヴォイニーツキイ　（机の中から小瓶を取り出し、アーストロフに渡す）そら、持ってけ。（ソーニャに）じゃ早く仕事にかかろう、すぐにも何かしないと、おれは、もう、とてもだめだ……。

ソーニャ　そう、そう、仕事にかかりましょう。あの人たちを見送ったらすぐに、ここへ座って……。（神経的な手つきで卓上の書類をかきまわす）何もかも放ったらかしになってるわ……。

アーストロフ　（小瓶を薬箱に入れ、革ベルトで締める）これで出発できる。

エレーナ　（入ってきながら）イワンさん、ここでしたの？　わたしたち、出かけます。アレクサンドルがあちらで、何かあなたにお話ししたいそうですわ。

ソーニャ　いらっしゃいな、ワーニャおじさん。（ヴォイニーツキイの腕をとる）いっしょに行きましょう、パパとおじさんは仲直りしなきゃ……。ぜったい、しとかなきゃ。

ソーニャとヴォイニーツキイ退場。

エレーナ　失礼しますわ。（アーストロフに手をさしだす）さようなら。

アーストロフ　もうですか？

エレーナ　馬車の支度も出来ましたし。

アーストロフ　さようなら。

エレーナ　先生もここは引きあげるって、今日お約束下さいましたわね。

アーストロフ　覚えてます。出かけるところですよ。（彼女の手をとる）あれくらいのことで、そんなに恐ろしい？

（ややあって）さっきは驚かれましたか？

エレーナ　ええ。

アーストロフ　ここにいらっしゃればいいのに。どうです？　明日、森の事務所で……。

エレーナ　いいえ……。もう決まったことですから。こんなに大胆にあなたのお顔を見られるのも、発つと決まったからですわ……。一つお願いがあるんですけど……、私のことを、もう少し良く思って下さいませんか。あなたに、尊敬されていたいんです。

アーストロフ　ははあ！（じれったそうな身ぶり）* ここにいらっしゃいよ、ほんとに……。自分でもわかってるでしょう、あなたはこの世に仕事は何もなく、人生の目的も、関心を持つ対象もないんだから、遅かれ早かれ感情に身をまかせてしまうのは……、避けがたいのです。それならいっそ、ハリコフとか、クルスクのどこか、なんかじゃなく、ここの自然の懐に抱かれての方が、どんなにいいか知れやしない……。少なくとも詩的だ。秋だって美しい……。森の事務所や、ツルゲーネフ好みの半ば崩れた地主屋敷があって……。

エレーナ　先生ってほんとおかしな方！　私、先生に腹を立てているんですけど、それでも、時にはなつかしく思うでしょうね。あなたは魅力のある、個性的な方だわ。もうこれっきり二度とお目にかからないんだから、この際、本当のことを言いましょうか？　私すこーしあなたに惹《ひ》かれてましたの。じゃあ、お互い握手して、お友達としてお別れを。どうか悪くお思いにならないで……。

＊ 具体的にどのような身ぶりかは、個人差があって確定しにくいが、首をすこし振る、片手を肘からあげて手首を一振りする、などが考えられる。

アーストロフ　（握手をすませて）わかりました。お出かけなさい。（考えこんで）あなたって方は、けっこう善良で誠実なお人柄のようで、そのくせ、存在全体に何か奇妙なところがありますね。現にあなたとご主人が見えてからというもの、ここで働いたり、ごそごそ動きまわったり、何か作ったりしてた連中がいっせいに、やってたことを放り出して、ひと夏ご主人の痛風とあなたとにかかりきりになってしまった。二人して――つまりご主人とあなたで――自分たちののらくらをみんなに感染させたんですな。わたしもぼうっとなって、丸ひと月何もしなかったが、じつはその間にも病人は出るし、百姓どもはわたしの森や若木林で家畜を放牧しやがるし……。どうもあなたとご主人は、行く先々へ破壊をもたらされるようだ……。いや、これはむろん冗談ですが、でもやっぱり奇妙なんだな……。もしあなたがたがここに居つづけたら、そこいらじゅうが荒れはててしまうかも知れませんね。そしてわたしは破滅するだろうし、あなたにも……、良いことはなかったでしょうな。だから、お出かけなさい。喜劇は終わりました《フィニータ・ラ・コメーディア》＊！

エレーナ　（彼の机の上の鉛筆を取り、急いで隠す）この鉛筆は記念にいただいて行きます。

アーストロフ　不思議ですね……。お知り合いであったものが、突然なぜだか……、これっきり二度とお会いしないなんて。世の中そういうものですかな……。いま誰もないうち、ワーニャおじさんが花束なんか持って入ってこないうちに、どうかお別れの、キスをさせて下さい……、いいですね？（彼女の頬に接吻する）さあ、これで……、文句なしだ。

エレーナ　では先生、どうぞご機嫌よろしゅう。（後ろを見て）かまやしない、一生に一度だわ！（激しく彼を抱きしめる。そのあと互いに急いで離れる）さあ、行かなくちゃ。

アーストロフ　そう、早くいらっしゃい。馬車の支度が出来たなら、旅立つことです。

エレーナ　あの人たち、こちらに来る……、ようだわ。

二人耳をすます。

アーストロフ　おわりだ《フィニータ》！

セレブリャコーフ、ヴォイニーツキイ、本を手にしたヴォイニーツカヤ老夫人、テレーギン、ソーニャ登場。

セレブリャコーフ　（ヴォイニーツキイに）過ぎたことをとやかく言う者は目玉をくりぬか

＊ Finita la comedia! イタリア語。commedia の m がひとつなのは、古い形のようである。

れる、＊だよ。わたしは、あんなことがあってから数時間、じつに多くのことをあらためて感じ直し、検討し直したので、人生いかに生きるべきかについての大論文をものして、後世への戒めに残せるくらいだ。わたしは喜んで君の謝罪を受け入れるし、また自分からも君にお詫びする。じゃ、さようなら！（ヴォイニーツキイと三度接吻を交わす）

ヴォイニーツキイ　君は以前と同じだけのものを、これからもきちんと受け取るからね。万事これまで通りだ。

エレーナはソーニャを抱く。

セレブリャコーフ（ヴォイニーツカヤ老夫人の手に接吻する）ママン……。

ヴォイニーツカヤ老夫人（彼に接吻しながら）アレクサンドルさん、また写真を撮って送って下さいね。あたしがあなたをどれほど大切に思ってるか、ご存じでしょ。

テレーギン　では閣下、ご機嫌よろしゅう！　どうぞ私どものことをお忘れなく！

セレブリャコーフ（娘に接吻して）じゃあな……。皆さんさようなら！（アーストロフに手をさしのべて）愉快におつきあいいただいて有難う……。あなたのものの考え方や、ものごとへの熱中、情熱には敬意を表しますよ。しかしこの老人に、お別れの挨拶の中にひとつ苦言をつけ加えることをお許しねがいたい——諸君、仕事をしなければなりませんぞ！　仕事を！（一同に向かって会釈を一つ）ご機嫌よう！（退場。彼に続いてヴォイニーツカヤ老夫人とソーニャ退場）

ヴォイニーツキイ　（エレーナの片手に強く接吻する）さようなら……。許して下さい……。もう二度とお目にかかることはないでしょう。

エレーナ　（心を打たれて）さようなら、イワンさん。（彼の頭に接吻し、退場）

アーストロフ　（テレーギンに）ワッフル、ついでにわたしの馬車も支度するように、言ってくれないか。

テレーギン　いいよ、先生。（退場）

アーストロフとヴォイニーツキイ、二人だけになる。

アーストロフ　（卓上の絵の具を片付けて鞄の中へしまう）どうして見送りに行かないんだい？

＊　現在でも用いられる仲直りの誓いの言葉。すべて忘れよう、あとで蒸し返した者は悪魔に目をくりぬかれてもよい、と誓うのである。

ヴォイニーツキイ　発てばいいんだよ。おれにはとても……、出来ない。つらすぎる。ちょっとでも早く何かしなきゃ……。仕事だ、仕事！（卓上の書類を引っかき回す）

ややあって――〔馬の〕鈴の音が聞こえる。

アーストロフ　発ったな。教授はほっとしてるよ、きっと。ここへはどんなに誘われたってもう二度と来るまいて。

マリーナ（登場）発ちなさった。（肘掛け椅子に座って靴下を編む）

ソーニャ（登場）お発ちになったわ。（目を拭う）どうかご無事でいらっしゃるように。（おじに）さあ、ワーニャおじさん、何かしましょう。

ヴォイニーツキイ　仕事だ、仕事……。

ソーニャ　二人でこの机に向かうのも、ほんとに久しぶりね。（卓上のランプに火を入れる）インクがなくなってるみたい……。（インク壺を取って、戸棚の方へ行き、インクを入れる）でもあたし淋しいわ、あの人たちが行ってしまって。

ヴォイニーツカヤ老夫人（のろのろと登場）行ってしまったわ！（座って読書に専念する）

ソーニャ（机の前に座って帳簿を繰る）ワーニャおじさん、まず、勘定書を書かなきゃいけないわね。ずいぶん放ったらかしになってて、今日も勘定書の催促に人が来てたのよ。おじさんそちらを書いて。あたしはこっちを書くから。

ヴォイニーツキイ　（書く）「何々様宛……、しかじか……」と……。

二人、黙って書いている。

マリーナ　（あくびする）おねむに、なりまして……。

アーストロフ　静かだなあ。ペンのきしりとコオロギの音《ね》だけだ。あったかで、居心地よくて……。出かけたくなくなっちまうな。

〔馬の〕鈴の音。

ああ、馬車が来た……。しかたがない、親しいあなた方とも、この僕の机とも、さよならして――行きますか！（図面を紙挟みに入れる）

マリーナ　なんでそうバタバタと？　ごゆっくりなさいまし。

アーストロフ　そうは行かんのさ。

ヴォイニーツキイ　（書いている）ええ「未払い金は二ルーブル七十五コペイカ」と……。

下男登場。

下男　先生、馬車の支度が出来ました。

アーストロフ　うん、聞こえたよ。（下男に薬箱と鞄と紙挟みを手渡す）運んでくれ。紙挟みをつぶすなよ。

下男 かしこまりました。（退場）

アーストロフ それでは……。（挨拶のため歩み寄る）

ソーニャ 今度はいつお目にかかれますかしら？

アーストロフ 来年夏、ですかな。冬の間は無理でしょう……。むろん何か起きましたら連絡して下さい、駆けつけます。（次々に握手する）おもてなしと、ご親切に、お礼を申します。いろいろ有難うございました。（乳母に歩みよって頭に接吻する）ばあやさん、元気でな。

マリーナ やっぱりお発ちですか、お茶もあがらずに？

アーストロフ ほしくないんだよ、ばあや。

マリーナ ではウォトカを一杯いかがです？

アーストロフ （思いきり悪く）うん、そうだな……。

マリーナ退場。

（ややあって）僕の馬車の副馬《そえうま》が、なんだか脚をひきずってるんだ。昨日ペトルーシカが水を飲ませにつれて行くのを見て、気づいたんだが……。

ヴォイニーツキイ　蹄鉄を換えなきゃいかんだろう。

アーストロフ　ロジデストヴェンノエ村で鍛冶屋に寄るか、仕方がない。（アフリカの地図の前へ行ってじっと見つめる）ところでこのアフリカじゃ、今ごろは猛烈な暑さだろう*、えらいことだ。

ヴォイニーツキイ　うん、そうだろうよ。

マリーナ　（盆の上にウォトカの杯と黒パンを一切れ載せて登場）召し上がりませ。

アーストロフはウォトカを飲む。

よろしゅうおあがり、先生。（低く頭を下げる）パンもひと口あがらねば。

アーストロフ　いや、僕にはこれで十分……。では、ご機嫌よう！（マリーナに）送らなくていいよ、ばあや。いいから。

退場。ソーニャが見送りのため蠟燭を持って続く。マリーナは自分の肘掛け椅子に腰をお

＊　この頃ロシアのインテリの間に「明るい別天地アフリカ」への憧れがあった。ヴォイニーツキイとアーストロフも、かつて一緒にアフリカへ行こうと語りあったのではないか。今、夢は潰《つい》えて地図だけが残っている……（チェーホフ自身も一八九三年からアフリカ旅行を希望し、九七年暮れにはかなり具体的に計画も立てたが実現しなかった）。

ろす。

ヴォイニーツキイ　（書く）「二月二日、植物油八キロ……。二月十六日、同じく植物油八キロ……、蕎麦《そば》の碾割《ひきわ》りが……」*

ややあって――鈴の音が聞こえる。

マリーナ　お発ちなさった。

ややあって。

ソーニャ　（もどって来て、蠟燭を机の上に置く）お発ちになったわ……。

ヴォイニーツキイ　（算盤《そろばん》で計算しおえて記入する）合計……、十五ルーブル……、二十五、と……。

ソーニャ座って書く。

マリーナ　（あくびする）ええ、罰あたりなこと……。

テレーギンが爪先立ちで入ってきて、扉のそばに座り、そっとギターの弦の調子を合わす。

ヴォイニーツキイ　（ソーニャに向かって、彼女の髪を撫でながら）なあ、ソーニャ、おれは苦しい！　どんなに苦しいか、お前にわかるだろうか！

ソーニャ　仕方がないわ、生きていくほかないもの！

ややあって。

ね、ワーニャおじさん、生きて行きましょう。長いながい日々の連なりを、果てしない夜ごと夜ごとを、あたしたちは生きのび、運命が与える試練に耐えて、今も、年老いてからも、休むことなく他の人たちのために働き続けましょう。そして寿命が尽きたら、おとなしく死んで、あの世に行き、「私たちは苦しみました、泣きました、ほんとにつろうございました」と申しあげましょう。神様は憫《あわ》れんでくださるわ。そしてね、大好きなおじさん、あたしたちはきっと、明るい、素敵な、美しい生活を見ることが出来るでしょう。喜んで、今の不幸を、ああ、よくやったと微笑をもって思い返して……、そしてゆっくり休めるでしょうよ。あたし、そう信じてるの。心から、燃えるように、信じてるの……。（おじの前に跪き、頭を彼の両手にのせる。そして疲れた声で言う）あたしたち、ゆっくり休みましょうね！

テレーギンが静かにギターを弾く。

＊　原文「植物油二〇フント」。フントはメートル法以前のロシアの重量単位で、一フントは四〇九・五グラムにあたる。売買量の見当がつくよう、キログラムに置きかえた。

あたしたちはゆっくり休むの！　天使の声が聞こえて、空一面のダイヤモンドが見えるわ。地上のすべての悪も、あたしたち皆の苦しみも、世界をみたす慈愛のうちに溶けて無くなり、あたしたちの生活は、愛撫されるような、おだやかで優しく甘美なものになる。そうよ、きっとそうなるわ……。（おじの涙をハンカチで拭ってやる）お気の毒な、お気の毒なワーニャおじさん、泣いていらっしゃるの……。（涙声で）おじさんの生涯には、喜びってものがなかったのね。でも、もう少しの辛抱よ、ワーニャおじさん、すぐに……、休めるわ……。（彼を抱きしめる）あたしたち、ゆっくり休みましょうね！

夜番の拍子木の音。

テレーギンは静かに演奏を続ける。ヴォイニーツカヤ老夫人はブックレットの余白に書いている。マリーナは靴下を編んでいる。

ゆっくり、休みましょう！

静かに幕が下りる

解　説

アントン・パヴロヴィチ・チェーホフ（一八六〇―一九〇四）は『ワーニャおじさん』を一八九六年十二月に書きあげて、翌年春ペテルブルクで出版する自分の『戯曲集』に入れた。『熊』『結婚申し込み』『かもめ』などすでに発表済みの六作に、「この世の誰も知らない『ワーニャおじさん』」（作家Ａ・スヴォーリン宛手紙一八九六年十二月二日付）を加えたのである。

これより六年前の一八九〇年、彼は『森の精《レーシイ》』という「喜劇」を書いて演劇関係者用に百部余り印刷したことがあり、『ワーニャおじさん』には、森を護るというイデーや、一部の登場人物の名前、そして何箇所かの会話が、そこから移されている。そのため『ワーニャおじさん』を『森の精《レーシイ》』の焼きなおしと見る向きもないではないが、全体を通して読めば、両者は、筋書きが違うだけでなく、構成の緻密さでも人物の彫りの深さでも、まったく水準の異なる作品であることが分かるだろう。二作をへだてる六年間に、チェーホフは驚くほどの人間的・作家的成熟を遂げていた。

『ワーニャおじさん』の大都市での上演は、モスクワ芸術座の一八九九年十月二十六日が最初である。当代指折りの人気作家の芝居が、発表から舞台に乗るまで二年半もかかったのは意外だが、これには次のような事情があった。

この芝居は、はじめモスクワ・マールィ劇場で上演されることになっていた。しかしロシア演劇界の老舗《しにせ》マールィ劇場は「帝室劇場《インペラートルスキイ・テアートル》」で、新しい台本を使うには「演劇文芸委員会」なる政府系の委員会の承認を必要とする。『ワーニャおじさん』を審議した委員たちの中に「ソーニャとアーストロフ医師の森林問答が長すぎる」とか「ヴォイニーツキイが第三幕で突然逆上してピストルを撃つのは不自然である」とかの意見があって、作品は「若干の訂正」を求められることになった。どうやら委員たちにはこの戯曲の「ペシミズム＝社会批判」が気に食わなかったようである。チェーホフは、すでに多くの人が読み、幾つかの地方劇団が上演もしたことを理由に、改作をことわり、結局九九年春になって、マールィ劇場との話は白紙にもどされた。

かねてこの作品を欲しがっていたモスクワ芸術座の代表ネミロヴィチ＝ダンチェンコは、すぐさまチェーホフに働きかけて上演権を獲得し、協力者スタニスラフスキイに演

ネミロヴィチ＝ダンチェンコ

スタニスラフスキイ

出を任せた(この演出ノートは一九九四年になってロシアで出版されている)。五月末には作者チェーホフ同席で前半の稽古が行われ、夏休みのあと、本格的な稽古は作者不在で進んだが(肺を病むチェーホフはこの二年前から秋と冬を南で暮らすよう専門医に命じられていた)、幾度かの手紙の往復ののち、十月二十六日初演にこぎつけた。そして創立二年目のモスクワ芸術座は、前年十二月の『かもめ』の成功に続いて、この『ワーニャおじさん』でも、劇作家チェーホフの最良のパートナーであることを証明したのである。

初演の好評は、しかし、芸術座の人びとを満足させなかった。ダンチェンコは上演直後に成功を知らせる電報をチェーホフに送った上で、率直な自分の感想を手紙に書いた。彼によれば、演出とアーストロフ役を兼ねたスタニスラフスキイの「強調・大声・外面的効果好き」が、初日で緊張したエレーナ役オリガ・クニッペルの調子を狂わせ、終幕までそれが響いたらしい(落ちこんだクニッペルは二日間寝込んでしまった)。それでもアンサンブルは回を追うて完成の度を高め、十一月十日の六度目の公演のあと、ワーニャ役のヴィシネフスキイは「今日こそ我われはすばらしく演じた!」と言っている。こうして平均週二回の『ワーニャおじさん』は常に超満員、熱狂的カーテンコールが繰りかえされた。

『ワーニャおじさん』は、歳月と、戦争や革命などの社会変動を乗り越えて、観客を魅了し、読者に愛された。チェーホフ最後の傑作『桜の園』が、どこか静かな諦観をただよわせているとすれば、『ワーニャおじさん』には、もう少し切実な、人間の苦悩の吐露がある。十九世紀末から二十世紀初めのロシアで、時代の閉塞状況に悩む人びと、とりわけ地方の若い知識人たちの心に、この作品は強く訴えかけるものを持っていた。それからさらに百年——今、不透明な世界情勢の中で、己れの力の小ささを知りつつも、為すべきことを模索する我われに、『ワーニャおじさん』は何を語ってくれるだろうか。

最近ロシアでは、これをのっけからアーストロフとエレーナのラヴ・ロマンスとして演出し、観客の人気を取る傾向もあるようだ。しかしそれはチェーホフの本意ではなかったはずだし、この芝居のなにげない台詞にこめられた社会性と精神性を、殺すことにもなりかねまい。医師アーストロフは、自分が人を愛せない「変人」になったことを、繰りかえし語っている。この変人《チュダーク》あるいは変人性《チュダーチェストヴォ》という言葉に注意をはらいながら、登場人物それぞれの性格と、その由って来たるところ、また相互の関係について、考えてみたい。

あらすじ

作者は『ワーニャおじさん』を悲劇でも喜劇でもなく単に「田園生活劇」(**сцены из деревенской жизни в четырех действиях** 文字通り訳せば「田舎暮らしの場面集・四幕」)と規定した。また《Дядя Ваня》《ヂャーヂャ・ワーニャ》という題名は、子供が「イワン(ワーニャはその愛称形)おじちゃん！」と呼ぶ時の、愛らしい幼児言語を映している。「これはきわめて日常的なお話です、肩肘はらずに見てくださいよ」——作者はまずこう言って観客を物語の中へ誘うのである。

舞台はチェーホフの現代すなわち一八九〇年代半ばの、草原や森林にかこまれた大きな地主屋敷。庭に白楊《トーポリ》が木陰を作っているが、「白樺を育てる」話も出てくるから、位置的には『桜の園』ほど南方ではない(『桜の園』の在りかの考証は拙訳岩波文庫『桜の園』の解説を参照して下さい)。農民を使って領地を経営する実質上の主人《あるじ》は中年男イワン・ヴォイニーツキイ。それを若い姪のソーニャが手伝っている。彼女にとってヴォイニーツキイは昔も今も大事な「ワーニャおじさん」だ。ほかに女性解放論に凝っているママン(ヴォイニーツキイの母でソーニャの祖母)と、古くから仕える乳母《ばあや》マリーナ、没落地主でこの家の食客になっているテレーギンが同居し、時には、森林の育成を生きがいにする医師アーストロフが訪ねてくる。召使いはそれ相応にいるようだが、舞台に姿を見せるのは「下男」と記された一人のみである。

夏のはじめ、ソーニャの父セレブリャコーフが、教授の職を退き、若い後妻エレーナをつれて(ソーニャの母は彼女が幼いうちに死んだ)、この田舎屋敷にもどってきた。早寝早起きの一家の生活は、夜中に「書き物」をし、自分の老いと病を愚痴る、尊大で身勝手なセレブリャコーフと、何もすることのない美女エレーナの存在で、すっかり「軌道をはずれて」しまう。ヴォイニーツキイはなが年教授を崇拝し領地収入を貢いできたのだが、最近彼に失望し、憤懣やるかたなく、その反動のように、しつこくエレーナに言い寄る。教授の診察を頼まれ、当初は夫妻を皮肉な目で眺めていたアーストロフも、夏の後半には大事な森の管理も医者の仕事もほうりだし、美女エレーナの触れなば落ちん風情を楽しんでいる様子。ひそかにアーストロフを慕ってきたソーニャは、継母の存在で自分の恋の望みが断たれるのを感じている。

九月に入り、ちやほやされた現役時代を忘れられないセレブリャコーフが、もう一度都会(エレーナの生まれや、フィンランドに別荘を買う話からして首都ペテルブルクらしい)で暮らすため、領地を売って利回りのよい有価証券に換えようと言いだしたことから、ヴォイニーツキイの怒りが爆発する(この領地はかつてヴォイニーツキイ家がソーニャの母に与えたものだ)。セレブリャコーフめがけて二度まで火を噴くヴォイニーツキイのピストルの弾丸《たま》は、しかし二度ともはずれた。

最終幕、セレブリャコーフとエレーナは逃げるように手近な都会ハリコフへと出発し、和解したヴォイニーツキイは「金は今まで通り送るよ」と約束する。アーストロフは自分の仕事にもどって行き、ママンも乳母もテレーギンも、もとの日常におさまった。一度は自殺を考えたヴォイニーツキイと、恋を失ったソーニャは、やがて天国に行って休める日まで、耐えて、働いて、生きて行くほかないのだと、涙をこらえて、夏中なおざりにしてきた農作物の伝票を書きはじめる……。

ヴォイニーツキイの人となりと「妹ヴェーラ」

ヴォイニーツキイは、エレーナから「あなたは教育もあり、賢い方」なんだから、もう少し家族をまとめて下さい、と言われている（第二幕）。またアーストロフは彼に「かつてこの郡内には、まともなインテリが二人だけいた」それは「おれと君だ」と言う（第四幕）。貴族の息子ヴォイニーツキイ（彼が貴族身分であるのは、セレブリャコーフについて「教会番人の息子の、神学校生あがり」と見下して言うことで分かる）は、おそらく大学出（少なくとも中退）で、「順調に来たら、ショーペンハウエルにも、ドストエフスキイにも、なれたんだ」の台詞も、あながち荒唐無稽な譫言《たわごと》とばかりは言えまい。では、なぜ彼はこの田舎にひきこもり、領地管理人のようになってしまったのか？

ヴォイニーツキイはそれをもっぱらセレブリャコーフのせいにして、恨んでいるが、そもそも彼が自分の遺産相続権を放棄し、管理人業に甘んじたのは、「可愛い妹」のためであったはずだ。妹の名は、登場人物のなかで乳母ただ一人が口にするが（第一幕冒頭でアーストロフに向かって、第二幕でセレブリャコーフに付き添いながら)、ヴェーラという。ヴェーラは信義・信仰を意味する。トロヤ戦争のもとになった美貌のスパルタ王妃ヘレネに由来するエレーナとは、対照的な女性名である。舞台で、若いソーニャは(因みに彼女の正式名ソフィアは「知」である)「わたしは不器量だ」と繰り返し嘆くが、それは彼女の母ヴェーラも美しくはなかったことを暗示する。そのヴェーラがセレブリャコーフに恋をし、家族は彼女に財産をつけることで、その恋を実らせてやった。この「天使のような妹」を愛するあまり、自分を捨てて働き、四十七まで妻も娶らなかったヴォイニーツキイが、今その妹の後釜にすわったエレーナに恋をしている。「彼女の魅力的なこと！　美しい！　生まれてこのかた、あれ以上の美人は見たことがない」。そして「追いはらわないで。そばにいるだけで僕は最高に幸せなんだから……」と哀願する彼に、しかしエレーナは冷たい。分別をなくした中年男の横恋慕は、エレーナにとっては、必要以上に老けこんだ夫の不定愁訴と同じくらい、鬱陶《うっとう》しいだけである。

アーストロフは恋をしたか

第一幕のお茶の席でエレーナはアーストロフに「先生は……多分……、三十六か七でいらっしゃいましょう」と推量し、誰もそれに異論をとなえないから、彼はヴォイニーツキイより十歳ほど若いことになる。舞台の「今」を仮りに一八九五年とすれば、アーストロフは一八五八、九年の生まれで、六〇年生まれの作者チェーホフとほぼ同世代、疫病の対策に村々を駆けずりまわり、百姓も地主も工場の人びとをも熟知する点でも、モスクワ南方メーリホヴォ村に住んだ時（一八九二―九八）のチェーホフに近い立場に設定されている（余談ながらチェーホフも『ワーニャおじさん』を書いた三十代半ばには、アーストロフばりのけっこうな髭面になっていた）。

　アーストロフは乳母との会話で「生活がわびしくおろかしく汚らわしく、まわりが変人《チュダーク》ばかりだから、自分も変になり、感情が鈍り、誰をも愛せなくなった」と自己分析する。彼は医者として人びとのために尽くし、木を植え、自然保護の大切さを説きながら、心のどこかで、自分のしていることは変人性《チュダーチェストヴォ》の業《わざ》にすぎず、このロシアの大きな退廃の前ではすべてが空しいのではないか、と疑っている。第二幕の嵐の夜、したたかに酒を飲んだ彼が「闇夜に森を行く者は遠くに灯火《ともしび》を見つけて疲れも苦労も忘れることが出来るが、……わたしの行く手には灯火がない」とつぶやくのは印象的である。第三幕でエレーナが義娘《むすめ》のソーニャのためという口実で、アーストロフの自分への関心を確かめる言動に出た時、彼は月に一度徹底的に酔っ払うのにも似て、この美しい女《ひと》をものにしようかと考え、明日、森の事務所で逢《あ》い曳《び》きしましょう、と誘う。彼はヴォイニーツキイのように「あなたの若さが滅びるのを見るに忍びない」などとおためごかしは言わない。「誓いも言葉もいらない」のは、はじめから「浮気」として相手の同意を促しているからである。古来ロシアでは、森は異界の入り口、魔物の住む所であった。エレーナがこの対話の直後に慌てふためいて「今日中にここを出て行けるようにして！」とヴォイニーツキイに頼むのは、森の主《ぬし》のような力を持つ男の誘いに乗って、破滅しかねない自分を恐れたからである。

誘惑《アフェア》は未遂におわり、アーストロフはふたたび「働きすぎて老けてしまった変人」として仕事にもどることになる。四幕の別れの場面についてチェーホフは「ここで彼が熱烈に恋する男としてエレーナに対している、というのは、正しくない。まったく正しくありません！……終幕での彼は、もう何も起こらないことを承知で……だからアフリカの地図を話題にするのと同じような調子で彼女と喋り、ほかにしようがないから接吻したに過ぎないのです」と説いている（クニッペルの質問に対する九九年九月三十日付ヤルタからの返信）。

それでも男優にとって「熱烈に恋するアーストロフ」を演じたい誘惑は強かったらしい。翌年四月、モスクワ芸術座のクリミア公演(セバストーポリ→ヤルタ)で初めてこの芝居全幕を見たチェーホフは、終演後、スタニスラフスキイに歩み寄り、さりげなくこう言った——「(最後に退場する時)彼は口笛を吹くんですよ! ワーニャおじさんは泣いてる、でもアーストロフは口笛を吹くんです!」。その時は信じられず、ずっとあとで、ある日、ためしに口笛を吹いてみた、そしてようやく私は、冷笑主義《シニシズム》にまで達したアーストロフの人生への失望の深さを悟った、とスタニスラフスキイは後年『芸術におけるわが生涯』で回想している。

アーストロフはヴォイニーツキイを立ち直らせるために、今の世では君やおれのような変人こそが正常だ、しかし我われの人生には絶望しかないんだよ、と突き放し、ただ、死ぬ時にはいい幻《ゆめ》が見られるかも知れん……、とハムレットのような慰めを言うが、これは同時に自分自身を奮い立たせる言葉でもあったろう。屋敷を去る時、彼は自分の図面《カルトグランマ》を紙挟みに入れ、下男に「つぶすなよ」と注意して、大切に持って帰っている。こののちも彼は、いつか人類が幸福になることを願って、木を植え続けるに相違ない。

アーストロフの台詞を中心に、この芝居にはチェーホフ一流の多くの「隠し味」が仕込まれている。アーストロフの描く地図を支える、十九世紀ロシアの森林問題に関するチェーホフの研究はその最たるものだし、アーストロフが口にするA・オストロフスキイの芝居の台詞からは、森林伐採をあこぎな金儲けの種にする者たちの所業を、当時の観客は想起したであろう。またプーシキンや、当時ロシアでひろく読まれたシェイクスピアからの引用も、この作品の奥行きを深く広くするもので、たどって行けば興味は尽きることがない。

セレブリャコーフの過去――なぜ彼は女性にもてたのか

この元教授について、観客は本人が舞台に現れる前からよくない印象を持つ。学界の成り上がり者が退職後も威張りかえって、とヴォイニーツキイが貶《けな》せば、時間にけじめのない召使い泣かせのお人だ、と乳母もぼやく。そこへ本人が登場し、お茶の席に加わらず「仕事があるので」書斎へ持ってきてくれ、ともったいぶるから、印象はますます悪くなる。第二幕では、若い妻エレーナを相手に「いやな老人」ぶりを存分に発揮し、乳母はいたわりを見せながらも、あなたの「病気」ではヴェーラ奥さまも苦労された、とチクリ嫌味《いやみ》を言っている。第三幕に至って彼の身勝手な領地売却の提案が、ヴォイニーツキイを絶望させたことはすでに述べた。

この戯曲が「演劇文芸委員会」を通過しなかったのは、一つには「国家に功績ある大学教授」をこけにしたせいだ（委員の大半は教授！）と噂されたが（ダンチェンコからチェーホフ宛手紙九九年十月二十七日付ほか）、このセレブリャコーフにはじつは少々謎めいたところがある。だいたい、年は幾つなのか、べつに美男でも金持ちでもなさそうなのに、どうして「いかなるドン・ファンも顔負け」（第一幕ヴォイニーツキイの台詞）なほど、女性にもてたのか……？

冒頭の人物表では、エレーナの二十七歳以外、年齢は誰も明記されていない。しかしヴォイニーツキイとアーストロフについては台詞の中で判明するし、ママンの年は息子ヴォイニーツキイからおよその見当がつく。ソーニャは「十一年前にアーストロフがこの土地に来たあと亡くなった」母親と「まだちっちゃくて」別れている（一、二幕乳母の言）から、二十歳《はたち》になるやならずであろう。ただセレブリャコーフの年齢だけはまったく言及がないので、我われは一般的な知識にたよって推量するほかない。

ロシアでは帝政時代から現在まで大学教授に停年制はなく（ソ連時代以降、年金受給資格の生じる年齢が定められただけ）、本人の健康や周囲の状況から引退が決まった。

例えばチェーホフが一八八九年に書いた小説『わびしい話』では、名講義で鳴らした高名な医学部教授が、気力体力に限界を感じ（頭もすっかり禿げて）引退を望みつつ、後任に人を得ず、六十二歳になっている。おそらくセレブリャコーフも同年輩、もしくはやや若く、いずれにせよ一八三〇年代に生まれて、農奴解放令（一八六一）直前の民主運動盛んなりし時代に青春を過ごしたはずである。歴史的事実としても、その頃から学問・芸術の世界で雑階級人と呼ばれる非貴族身分の人びとの活躍が目立ち始めていた。地方知識人である聖職者の子弟が、神学校で学ぶうち宗教のありように疑問を抱き、科学を求めてモスクワやペテルブルクの帝国大学や医科大学に進む、というのがよくある例で（セレブリャコーフも『わびしい話』の主人公もこの範疇に入る）、彼らの多くは、先達チェルヌィシェフスキイ（一八二八年生、やはり司祭の子）の思想に共鳴して、男女同権論者《フェミニスト》でもあった。

一八六〇年代半ば、農民反乱の頻発におびえた皇帝権力は、チェルヌィシェフスキイを逮捕・徒刑にし、彼の従兄弟の文学者プィピン（三三年生）をペテルブルク大学の教職から追放した。しかし七〇年代に入ると有名なナロードニキ運動が起こり、また婦人運動も発展して、新手《あらて》の進歩派教授たちが、政府の意向に逆らって女子大学創設運動に協力し、公開講座を開いたり、ボランティアで女子大学の授業を担当したりしている。あるいはセレブリャコーフも、或る時期に、そうしたフェミニスト学者の一人として、女性たちに文学・芸術を講じ、多くの崇拝者にとりまかれていたのではないか（「ご婦人がたが甘やかしてしまったんですわ」第二幕ソーニャの台詞）。そしてその崇拝者たちの中に、元老院議員夫人であったママンも、娘ヴェーラも、のちにはエレーナも混じっていた……。

しかし、まもなく「反動の八〇年代」が来て、またしても進歩的学者の少なからぬ部分が大学を去らねばならなかった。だがセレブリャコーフは、その地位を保った。この戯曲が書かれた九〇年代にもまだ検閲は厳しかったから、チェーホフは何もあからさまには語らないが、「もともと他人の座るべき場所に二十五年居すわってた」セレブリャコーフには、あるいは変節と、権力への妥協があったかも知れず、また「他人《ひと》の思想を反芻してならべてただけ」ゆえに、お目こぼしにあずかったのかも知れない。

訳者の「深読み」のしすぎではないか、と疑われる読者のために、間接的ながら証拠を一つ挙げておこう。終幕の別れの挨拶でセレブリャコーフは「諸君、仕事をしなければなりませんぞ！　仕事を！」と言う。その時「観客は明らかににやりと笑うよ。うちの観客はたいしたものだ」と、ダンチェンコがわざわざチェーホフに知らせているのである(九九年十一月二十八日付手紙)。この「仕事《デーロ》」というのは、七〇年代にナロードニキのあいだで、民衆啓蒙のための書物普及事業《クニージノエ・デーロ》などのように、使われた言葉であった。第一幕でのママンといい、終幕でのセレブリャコーフといい、ともにこの屋敷内で一番働いていない人間が、労働して稼いでいる者たちに向かって「仕事をしなければいけない」と説教するおかしさの裏には、この二十年間に現実からずれてしまったかつての「進歩派」への、作者の皮肉がこめられていると見るべきであろう。

なお、セレブリャコーフの生活設計(年収の計算)を聞いていると、彼は退職後、年金をもらっていない。ロシアの友人に教わったところでは、当時年金は「とくに功績のあった高官やその遺族」に皇帝の「思召《おぼしめ》し」で与えられるもので、制度ではなかったという。ひょっとしたら期待したそれがもらえなかったのも、セレブリャコーフの不機嫌の一因かも知れない。

美女エレーナはなぜ貞淑でなければならないか?

エレーナは、じつはなかなか複雑な形象である。「退屈で死にそう」と言いながら何もしない。ソーニャがアーストロフを恋していて、「彼の年齢や立場からすれば、あの子は申し分ない奥さんになれる」と知りながら、いざアーストロフと向きあうと、母親としての立場を忘れてさっさと「あなたはあの子を愛していらっしゃらない。お目を見れば分かりますわ」などと納得してしまい、関心は己れの方に向く。しかし彼女は頭のからっぽな女ではなく、アーストロフが郡の医師としてどれほど苦労の多い生活をしているか、むしろソーニャ以上によく理解できるのだ。

現代の読者の中には、男という男を魅了する美しさに恵まれ、且つ「自分は幸せでない」と感じているエレーナが、どうして夫からの「いじめ」にひたすら耐えているのかと、不思議に思う方があるかも知れない。じっさい、当時は離婚の自由こそ無かったもののの、口実をもうけて実家に帰ったり、別居したり、またその意向をほのめかして夫を牽制する例は皆無ではなかった(チェーホフはテレーギンの妻のような極端な話も出してみせる)。

エレーナの不幸の源は、第三幕でセレブリャコーフが生計について述べるくだりに隠されている。「我われの(じつは先妻の娘ソーニャの)領地からの上がり」以外、夫婦にはあてに出来る収入がない——つまりエレーナの側には資産がまったくないのである。

ロシア帝国民法では妻の持参財産は結婚後も妻の占有と定められ、夫と妻の双方が収入（利子等）を出し合って暮らしを立てるのが有産階級の常であり、その分、妻も諸事に発言権を持っていた。しかしエレーナは、高等音楽院で学びはしたが、財産はもらっておらず、里帰りしようにも、おそらく親はもうこの世にいない。彼女がソーニャに「わたしが欲得ずくでお父さんと結婚したと思って、腹を立てていたんでしょう」と言うのも（第二幕）、彼女が裕福ではなかったことを示している。ピアニストを志していたはずのエレーナは、自立の道を捨てて「学問のある、有名な人」セレブリャコーフの妻になった。夫は彼女を「レーノチカ」と呼んで一見甘やかしているようでありながら、生殺与奪の権を握って、ピアノを弾く自由さえ認めていない。彼女は自らを人生の「端役」と嘲りつつも、「人を信じて」（つまり夫に従って）生きて行くほかないのだ。

この戯曲を書いた頃、チェーホフは、作家として世に出たばかりの美しい人妻と交際があった。互いに心は惹かれながら、彼女には夫と子供を捨てる決心がつかず、チェーホフは病身の自分に人の運命を左右する権利はないと考えて、結局交際は作品の批評など創作の上の先輩後輩の関係で終わるのだが、その女性L・アヴィーロワはのちに『回想』をあらわし、九五年頃のある日、自分が家庭の中でしだいに「自分自身」というものを失って行く苦しみを語ると、チェーホフは「それはわが国の家庭のありようが間違っているからです。あなたはそれをこそ作品に書いて下さい」と言った、と述べている（彼女はその後チェーホフの励ましに応えて研鑽をつみ、少数ではあるがレフ・トルストイにも賞賛されるような優れた短編小説を発表した）。

チェーホフはエレーナを通して、才能に恵まれながら遅れたロシアの家父長制に窒息させられる人間に、満腔の同情を注ぎつつ、同時に、自らその事態を打破しようとせぬ消極性を、厳しく批判したのである。

驕慢な美女としてではなく、心に哀しみを抱く女としてのエレーナが演じられるなら、チェーホフはきっと満足するに相違ない。

蛇足ながら乳母マリーナとソーニャについて

乳母《ばあや》のマリーナはこの家で召使いというより主婦に近い。だいたいマリーナという名前が農民らしくない、インテリくさい、とロシアの人が言うのを聞いて、訳者は、なるほどそういうものか、と思った記憶がある。まず幕が上がると、普通は主婦の座であるサモワールの横に彼女がいて、客（アーストロフ）の話し相手をつとめている。そして幕のなかほどになると、ソーニャが早口に「ばあや、あちらに百姓たちが来ているの。行って話を聞いてちょうだい」と頼み、あとでそれは「また例の荒れ地のことでございますよ」と判明する。何か土地に関する係争が農民と「お屋敷」の間にあるのだが、領地管理人を自称するヴォイニーツキイも、「忙しいの、明日は草刈りで……」といっぱし働き者らしい口をきくソーニャも、じつはめんどうなことは乳母に押しつけているのが、この短いやりとりで分かる仕掛けである。

マリーナは数十年間この家にいて、つぶさに家族の人間関係を眺めてきた。庶民の感覚で見るセレブリャコーフに、もともと幻想は抱かなかったから、今、とりたてて幻滅することもない。だからヴォイニーツキイとセレブリャコーフの〝命がけ〟の争いも、「雄のガチョウどもは、ちいとばかりガアガア騒いで、おさまります」である。

ソーニャはマリーナに育てられ、マリーナの信心を受けついで、日曜日には教会に行く、真面目な娘だ。しかし乳母の包容力（年の功）を身につけるには若すぎるし、他方、都会の学校にも読書にも無縁だったらしく、思考力と、相手の身になってみる想像力に欠けている。彼女にはアーストロフの説く森林の効用を繰り返すことは出来るが、彼の話を受け止めて、発展させることはない。第二幕のなかほど、せっかく差し向かいになり、アーストロフが心を開いて「闇夜に灯火《ともしび》の見えない人生」の話をし、周囲に理解されない自分の悩みを打ち明けているのに、ソーニャがしたのは、彼からワインのグラスを取りあげることだけだった。そのあと、今度はエレーナと二人きりになり、彼女が「わたしはとても不幸せなのよ！」と嘆く時、ソーニャは無神経に「あたしはとても幸せ」と笑いだす。彼女がアーストロフの愛を得られないのは、「不器量」のせいだけではないだろう。

だが、父親とヴォイニーツキイの口論の場面を経験したあと、彼女はそれまでのことなかれ主義（「おじさん、もういいわ」）を捨てて、ヴォイニーツキイの積年の労苦を思いやれぬ父親を批判する（「パパはいたわる気持ちを持って下さらなきゃ！」）。そして、いっしょに不幸せに耐えて行きましょう、という愛情をこめた説得で、ヴォイニーツキイをして、隠していたモルヒネをアーストロフに返させる。

人間はどんなに苦しくても、寿命のある限り、働いて、生きねばならないという、幕切れのソーニャの言葉が心に響くのは、それが二人の運命を越えた、より普遍的なメッセージとして我われに伝わるからであろう。

あとがきに代えて

チェーホフが喜劇『森の精』を習作として「処分」してから、新しい戯曲『ワーニャおじさん』の構想を得て、執筆し、上演を見るに至るまでの約八年間は、彼が初めてメーリホヴォの地主として二百数十ヘクタールの土地を経営した期間、ならびに作家アヴィーロワ夫人と交流のあった期間と、ほぼ完全に重なる。

その間に彼は、自分のペン一本の稼ぎで、村の墓地を修復し、小学校を建て、医療行為をし、多くの木を植えた。チェーホフ不在の時の留守番役だった父親が亡くなり、彼自身の健康も悪化したため、この土地は九九年に手放すことになったが、農民たちはその後もながく「歩いて往診してくれたチェーホフさん」「サクランボやリンゴが実ると村中の子供を集めて全部分けて下さったチェーホフさん」のことを、敬い懐かしんでいる（T・ペトローヴァによる一九二四年の聞き書「チェーホフと農民たち」。一九八四年ロシアで公刊、二〇〇〇年十二月「むうざ」誌十九号に渡辺聡子邦訳掲載）。

一方アヴィーロワ夫人へのチェーホフの思いは、小説『愛について』（一八九八）ほか幾つかの作品に影を映して終わり、やがてオリガ・クニッペルとの親交に移行した。彼は芸術座の旗揚げの時から「声も気品も申し分ない一人の女優」（スヴォーリン宛手紙九八年十月八日付)に注目していたが、それがクニッペルで、ドイツ系の工場経営者の父と、結婚によって仕事をあきらめた音楽家の母との間に生まれ、音楽学校を出たあと、父の急死の結果「家父長制の束縛」を解かれ、同時に自活の必要に迫られて、俳優になった女性であった。彼女の稽古のひたむきさと、チェーホフのドラマトゥルギーへの傾倒は、芸術座の中でも群を抜いていた。

一九〇〇年夏、二人の文通が親しいTы《トゥイ》で交わされるようになったあと、チェーホフは『三人姉妹』を書き、翌年五月には、彼女が女優を続けることを条件に、立会い人以外の誰にも事前には知らせず、電撃的に結婚式を挙げた。演劇シーズン中のモスクワとヤルタでの別居はつらく、当時としては破天荒なこの結婚形態への世間の風あたりも、とりわけオリガに強かったが、チェーホフは動じることなく妻を称《たた》え、励まし続け、自分もしだいにつのる結核の症状に苦しみながらも、さまざまな社会活動にたずさわり、小説『いいなずけ』や戯曲『桜の園』などの傑作を完成した。

一九〇四年七月、チェーホフは妻オリガに看取られて、スイス国境に近い閑静なドイツの保養地バーデンワイラーで四十四年の生涯を閉じた。時あたかも日露戦争のただ中で、彼は回復し軍医として極東に行くつもりさえしていたが、臨終は穏やかであったとオリガは伝えている。最後の若いヒロイン、ナージャ（『いいなずけ』）に、希望にみちた未来を与えたチェーホフであってみれば、「死に臨んで見た幻《ゆめ》」は、きっと快いものであったに相違ない。そしてオリガ・チェーホヴァ＝クニッペルはその後半世紀近く、モスクワ芸術座の看板女優として、『かもめ』のアルカージナを、『ワーニャおじさん』のエレーナを、『三人姉妹』のマーシャを、『桜の園』のラネーフスカヤを演じ続け、夫の名を不朽のものとすることに貢献した。

＊

いつも沢山の友人知人に助けられて仕事をしている私ですが、今回はとりわけ神戸市立外国語大学のL・エルマコーワ教授から多くのご教示を得ました。また優れたチェーホフ研究者である渡辺聡子氏には、原稿の全体に目を通し校閲していただきました。ラテン語イタリア語では神戸大学の山澤孝至助教授のお世話になっています。

いつか訳してみたいけれど、難しい戯曲だ……、と思っていた私に、上演するからどうですか、と声をかけて下さったのは、新国立劇場の芸術監督栗山民也氏、制作部の方々でした。岩波書店編集部の山腰和子さんには、これで三度目の、ひとかたならぬご厄介をかけています。

皆様に心から御礼申し上げますとともに、おかげで世に出る新訳『ワーニャおじさん』が、二十一世紀の読者に愛されることを願ってやみません。

二〇〇一年七月

小野理子

ワーニャおじさん　チェーホフ作

2001年9月14日　第1刷発行
2022年3月 4 日　第5刷発行

訳　者　小野理子《おのみちこ》

発行者　坂本政謙

発行所　株式会社　岩波書店
〒101-8002 東京都千代田区一ツ橋 2-5-5

案内 03-5210-4000　営業部 03-5210-4111
文庫編集部 03-5210-4051
https://www.iwanami.co.jp/

印刷 製本・法令印刷　カバー・精興社

ISBN4-00-326222-0　　Printed in Japan

読書子に寄す

——岩波文庫発刊に際して——

岩波茂雄

真理は万人によって求められることを自ら欲し、芸術は万人によって愛されることを自ら望む。かつては民を愚昧ならしめるために学芸が最も狭き堂宇に閉鎖されたことがあった。今や知識と美とを特権階級の独占より奪い返すことはつねに進取的なる民衆の切実なる要求である。岩波文庫はこの要求に応じそれに励まされて生まれた。それは生命ある不朽の書を少数者の書斎と研究室とより解放して街頭にくまなく立たしめ民衆に伍せしめるであろう。近時大量生産予約出版の流行を見る。その広告宣伝の狂態はしばらくおくも、後代にのこすと誇称する全集がその編集に万全の用意をなしたるか。千古の典籍の翻訳企図に敬虔の態度を欠かざりしか。さらに分売を許さず読者を繫縛して数十冊を強うるがごとき、はたしてその揚言する学芸解放のゆえんなりや。吾人は天下の名士の声に和してこれを推挙するに躊躇するものである。このときにあたって、岩波書店は自己の責務のいよいよ重大なるを思い、従来の方針の徹底を期するため、すでに十数年以前より志して来た計画を慎重審議この際断然実行することにした。吾人は範をかのレクラム文庫にとり、古今東西にわたって文芸・哲学・社会科学・自然科学等種類のいかんを問わず、いやしくも万人の必読すべき真に古典的価値ある書をきわめて簡易なる形式において逐次刊行し、あらゆる人間に須要なる生活向上の資料、生活批判の原理を提供せんと欲する。この文庫は予約出版の方法を排したるがゆえに、読者は自己の欲する時に自己の欲する書物を各個に自由に選択することができる。携帯に便にして価格の低きを最主とするがゆえに、外観を顧みざるも内容に至っては厳選最も力を尽くし、従来の岩波出版物の特色をますます発揮せしめようとする。この計画たるや世間の一時の投機的なるものと異なり、永遠の事業として吾人は微力を傾倒し、あらゆる犠牲を忍んで今後永久に継続発展せしめ、もって文庫の使命を遺憾なく果たさしめることを期する。芸術を愛し知識を求むる士の自ら進んでこの挙に参加し、希望と忠言とを寄せられることは吾人の熱望するところである。その性質上経済的には最も困難多きこの事業にあえて当たらんとする吾人の志を諒として、その達成のため世の読書子とのうるわしき共同を期待する。

昭和二年七月

《イギリス文学》〔赤〕

ユートピア　トマス・モア　平井正穂訳
完訳 カンタベリー物語 全三冊　チョーサー　桝井迪夫訳
ヴェニスの商人　シェイクスピア　中野好夫訳
十二夜　シェイクスピア　小津次郎訳
ハムレット　シェイクスピア　野島秀勝訳
オセロウ　シェイクスピア　菅泰男訳
リア王　シェイクスピア　野島秀勝訳
マクベス　シェイクスピア　木下順二訳
ソネット集　シェイクスピア　高松雄一訳
ロミオとジューリエット　シェイクスピア　平井正穂訳
リチャード三世　シェイクスピア　木下順二訳
対訳 シェイクスピア詩集 —イギリス詩人選(1)　柴田稔彦編
から騒ぎ　シェイクスピア　喜志哲雄訳
言論・出版の自由 —アレオパジティカ 他一篇　ミルトン　原田純訳
失楽園 全二冊　ミルトン　平井正穂訳
ロビンソン・クルーソー 全二冊　デフォー　平井正穂訳

奴婢訓 他一篇　スウィフト　深町弘三訳
ガリヴァー旅行記　スウィフト　平井正穂訳
ジョウゼフ・アンドルーズ 全二冊　フィールディング　朱牟田夏雄訳
トリストラム・シャンディ 全三冊　ロレンス・スターン　朱牟田夏雄訳
ウェイクフィールドの牧師 —むだばなし　ゴールドスミス　小野寺健訳
幸福の探求 —アビシニアの王子ラセラスの物語　サミュエル・ジョンソン　朱牟田夏雄訳
マンフレッド　バイロン　小川和夫訳
対訳 ブレイク詩集 —イギリス詩人選(4)　松島正一編
対訳 ワーズワス詩集 —イギリス詩人選(3)　山内久明編
湖の麗人　スコット　入江直祐訳
キプリング短篇集　橋本槙矩編訳
対訳 コウルリッジ詩集 —イギリス詩人選(7)　上島建吉編
高慢と偏見 全二冊　ジェーン・オースティン　富田彬訳
ジェイン・オースティンの手紙　新井潤美編訳
対訳 テニスン詩集 —イギリス詩人選(5)　西前美巳編
虚栄の市 全四冊　サッカリー　中島賢二訳
床屋コックスの日記・馬丁粋語録　サッカレ　平井呈一訳

デイヴィッド・コパフィールド 全五冊　ディケンズ　石塚裕子訳
炉辺のこほろぎ　ディケンズ　本多顕彰訳
ボズのスケッチ 短篇小説篇 全二冊　ディケンズ　藤岡啓介訳
アメリカ紀行 全二冊　ディケンズ　伊藤弘之・下笠徳次・隈元貞広訳
イタリアのおもかげ　ディケンズ　伊藤弘之・下笠徳次・隈元貞広訳
大いなる遺産 全二冊　ディケンズ　石塚裕子訳
荒涼館 全四冊　ディケンズ　佐々木徹訳
鎖を解かれたプロメテウス　シェリー　石川重俊訳
ジェイン・エア 全二冊　シャーロット・ブロンテ　河島弘美訳
嵐が丘 全二冊　エミリー・ブロンテ　河島弘美訳
アルプス登攀記 全二冊　ウィンパー　浦松佐美太郎訳
アンデス登攀記 全二冊　ウィンパー　大貫良夫訳
ハーディ テス 全二冊　井上宗次・石田英二訳
緑の木蔭 和蘭派田園画　トマス・ハーディ　阿部知二訳
緑の館 —熱帯林のロマンス　ハドソン　柏倉俊三訳
ジーキル博士とハイド氏　スティーヴンスン　海保眞夫訳
新アラビヤ夜話　スティーヴンスン　佐藤緑葉訳

- 南海千一夜物語 — スティーヴンスン 中村徳三郎訳
- 若い人々のために 他十一篇 — スティーヴンスン 岩田良吉訳
- マーカイム・壜の小鬼 他五篇 — スティーヴンソン 高松雄一 高松禎子訳
- 怪談 —不思議なことの物語と研究 — ラフカディオ・ハーン 平井呈一訳
- 心 —日本の内面生活の暗示と影響 — ラフカディオ・ハーン 平井呈一訳
- ドリアン・グレイの肖像 — オスカー・ワイルド 富士川義之訳
- サロメ — ワイルド 福田恆存訳
- 嘘から出た誠 — ワイルド 岸本一郎訳
- 童話集 幸福な王子 他八篇 — オスカー・ワイルド 富士川義之訳
- 人と超人 — バーナード・ショー 市川又彦訳
- 分らぬもんですよ — バァナード・ショウ 市川又彦訳
- ヘンリ・ライクロフトの私記 — ギッシング 平井正穂訳
- 南イタリア周遊記 — ギッシング 小池滋訳
- 闇の奥 — コンラッド 中野好夫訳
- 密偵 — コンラッド 土岐恒二訳
- コンラッド短篇集 — 中島賢二編訳
- 対訳 イエイツ詩集 — 高松雄一編

- 月と六ペンス — モーム 行方昭夫訳
- 人間の絆 全三冊 — モーム 行方昭夫訳
- サミング・アップ — モーム 行方昭夫訳
- モーム短篇選 全二冊 — 行方昭夫編訳
- アシェンデン —英国情報部員のファイル — モーム 中島賢二 岡田久雄訳
- お菓子とビール — モーム 行方昭夫訳
- ダブリンの市民 — ジョイス 結城英雄訳
- 荒地 — T・S・エリオット 岩崎宗治訳
- 悪口学校 — シェリダン 菅泰男訳
- オーウェル評論集 — 小野寺健編訳
- パリ・ロンドン放浪記 — ジョージ・オーウェル 小野寺健訳
- カタロニア讃歌 — ジョージ・オーウェル 都築忠七訳
- 動物農場 —おとぎばなし — ジョージ・オーウェル 川端康雄訳
- 対訳 キーツ詩集 —イギリス詩人選(10) — 宮崎雄行編
- キーツ詩集 — 中村健二訳
- 阿片常用者の告白 — ド・クインシー 野島秀勝訳
- 20世紀イギリス短篇選 全二冊 — 小野寺健編訳

- オルノーコ 美しい浮気女 — アフラ・ベイン 土井治訳
- イギリス名詩選 — 平井正穂編
- タイム・マシン 他九篇 — H・G・ウエルズ 橋本槙矩訳
- 解放された世界 — H・G・ウェルズ 浜野輝訳
- 大転落 — イヴリン・ウォー 富山太佳夫訳
- 回想のブライズヘッド 全二冊 — イーヴリン・ウォー 小野寺健訳
- 愛されたもの — イーヴリン・ウォー 中村健二 出淵博訳
- フォースター評論集 — 小野寺健編訳
- 白衣の女 全三冊 — ウィルキー・コリンズ 中島賢二訳
- 対訳 ブラウニング詩集 —イギリス詩人選(6) — 富士川義之編
- 灯台へ — ヴァージニア・ウルフ 御輿哲也訳
- 船出 全二冊 — ヴァージニア・ウルフ 川西進訳
- アーネスト・ダウスン作品集 — 南條竹則編訳
- ヘリック詩鈔 — 森亮訳
- フランク・オコナー短篇集 — 阿部公彦訳
- たいした問題じゃないが —イギリス・コラム傑作選 — 行方昭夫編訳
- 英国ルネサンス恋愛ソネット集 — 岩崎宗治編訳

文学とは何か
—現代批評理論への招待 全二冊
テリー・イーグルトン
大橋洋一訳

D・G・ロセッティ作品集
南條竹則
松村伸一編訳

真夜中の子供たち 全二冊
サルマン・ラシュディ
寺門泰彦訳

《アメリカ文学》〔赤〕

- ギリシア・ローマ神話 付インド・北欧神話 — ブルフィンチ 野上弥生子訳
- 中世騎士物語 — ブルフィンチ 野上弥生子訳
- フランクリン自伝 — 松本慎一 西川正身訳
- フランクリンの手紙 — 蕗沢忠枝編訳
- スケッチ・ブック 全二冊 — アーヴィング 齊藤昇訳
- アルハンブラ物語 全二冊 — アーヴィング 平沼孝之訳
- ウォルター・スコット邸訪問記 — アーヴィング 齊藤昇訳
- エマソン論文集 全二冊 — 酒本雅之訳
- 完訳 緋文字 — ホーソーン 八木敏雄訳
- 哀詩 エヴァンジェリン — ロングフェロー 斎藤悦子訳
- 黒猫・モルグ街の殺人事件 他五篇 — ポオ 中野好夫訳
- 対訳 ポー詩集 —アメリカ詩人選(1) — 加島祥造編
- ユリイカ — ポオ 八木敏雄訳
- ポオ評論集 — 八木敏雄編訳
- 森の生活(ウォールデン) 全二冊 — ソロー 飯田実訳
- 市民の反抗 他五篇 — H・D・ソロー 飯田実訳
- 白鯨 全三冊 — メルヴィル 八木敏雄訳
- ビリー・バッド — メルヴィル 坂下昇訳
- ホイットマン自選日記 全二冊 — 杉木喬訳
- 対訳 ホイットマン詩集 —アメリカ詩人選(2) — 木島始編
- 対訳 ディキンソン詩集 —アメリカ詩人選(3) — 亀井俊介編
- 不思議な少年 — マーク・トウェイン 中野好夫訳
- 王子と乞食 — マーク・トウェーン 村岡花子訳
- 人間とは何か — マーク・トウェイン 中野好夫訳
- ハックルベリー・フィンの冒険 全二冊 — マーク・トウェイン 西田実訳
- いのちの半ばに — ビアス 西川正身訳
- 新編 悪魔の辞典 — ビアス 西川正身編訳
- ビアス短篇集 — 大津栄一郎編訳
- ヘンリー・ジェイムズ短篇集 — 大津栄一郎編訳
- あしながおじさん — ジーン・ウェブスター 遠藤寿子訳
- 荒野の呼び声 — ジャック・ロンドン 海保眞夫訳
- どん底の人びと —ロンドン1902 — ジャック・ロンドン 行方昭夫訳
- 死の谷 マクティーグ 全二冊 — ノリス 石田英二 井上宗次訳
- 熊 他三篇 — フォークナー 加島祥造訳
- 響きと怒り 全二冊 — フォークナー 平石貴樹 新納卓也訳
- アブサロム、アブサロム! 全二冊 — フォークナー 藤平育子訳
- 八月の光 全二冊 — フォークナー 諏訪部浩一訳
- オー・ヘンリー傑作選 — 大津栄一郎訳
- 黒人のたましい — W・E・B・デュボイス 木島始 鮫島重俊 黄寅秀訳
- フィッツジェラルド短篇集 — 佐伯泰樹編訳
- アメリカ名詩選 — 亀井俊介 川本皓嗣編
- 魔法の樽 他十二篇 — マラマッド 阿部公彦訳
- 青白い炎 — ナボコフ 富士川義之訳
- 風と共に去りぬ 全六冊 — マーガレット・ミッチェル 荒このみ訳
- 対訳 フロスト詩集 —アメリカ詩人選(4) — 川本皓嗣編
- とんがりモミの木の郷 他五篇 — セアラ・オーン・ジュエット 河島弘美訳

《ドイツ文学》〔赤〕

ニーベルンゲンの歌 全二冊　相良守峯訳
若きウェルテルの悩み　ゲーテ　竹山道雄訳
ヴィルヘルム・マイスターの修業時代 全三冊　ゲーテ　山崎章甫訳
イタリア紀行 全三冊　ゲーテ　相良守峯訳
ファウスト 全二冊　ゲーテ　相良守峯訳
ゲーテとの対話 全三冊　エッカーマン　山下肇訳
スペインの太子 ドン・カルロス　シルレル　佐藤通次訳
改訳 オルレアンの少女　シルレル　佐藤通次訳
ヒュペーリオン ―希臘の世捨人　ヘルデルリーン　渡辺格司訳
青い花　ノヴァーリス　青山隆夫訳
夜の讃歌・サイスの弟子たち 他一篇　ノヴァーリス　今泉文子訳
完訳 グリム童話集 全五冊　金田鬼一訳
黄金の壺　ホフマン　神品芳夫訳
ホフマン短篇集　池内紀編訳
O侯爵夫人 他六篇　クライスト　相良守峯訳
影をなくした男　シャミッソー　池内紀訳

流刑の神々・精霊物語　ハイネ　小沢俊夫訳
冬物語 ―ドイツ　ハイネ　井汲越次訳
芸術と革命 他四篇　ワーグナー　北村義男訳
ブリギッタ・森の泉 他一篇　シュティフター　宇多五郎・高安国世訳
みずうみ 他四篇　シュトルム　関泰祐訳
村のロメオとユリア　ケラー　草間平作訳
沈鐘　ハウプトマン　阿部六郎訳
地霊・パンドラの箱 ―ルル二部作　F・ヴェデキント　岩淵達治訳
春のめざめ　F・ヴェデキント　酒寄進一訳
ゲオルゲ詩集　手塚富雄訳
リルケ詩集　高安国世訳
花・死人に口なし 他七篇　シュニッツラー　番匠谷英一・山本有三訳
ドゥイノの悲歌　リルケ　手塚富雄訳
ブッデンブローク家の人びと 全三冊　トーマス・マン　望月市恵訳
トオマス・マン短篇集　実吉捷郎訳
魔の山 全二冊　トーマス・マン　関泰祐・望月市恵訳
トニオ・クレエゲル　トオマス・マン　実吉捷郎訳

ヴェニスに死す　トオマス・マン　実吉捷郎訳
車輪の下　ヘルマン・ヘッセ　実吉捷郎訳
青春はうるわし 他三篇　ヘッセ　関泰祐訳
漂泊の魂 クヌルプ　ヘルマン・ヘッセ　相良守峯訳
デミアン　ヘルマン・ヘッセ　実吉捷郎訳
シッダルタ　ヘッセ　手塚富雄訳
ルーマニア日記　カロッサ　高橋健二訳
若き日の変転　カロッサ　斎藤栄治訳
幼年時代　カロッサ　斎藤栄治訳
指導と信従　カロッサ　国松孝二訳
ジョゼフ・フーシェ ―ある政治的人間の肖像　シュテファン・ツワイク　高橋禎二・秋山英夫訳
変身・断食芸人　カフカ　山下肇・山下萬里訳
審判　カフカ　辻瑆訳
カフカ短篇集　池内紀編訳
カフカ寓話集　池内紀編訳
三文オペラ　ブレヒト　岩淵達治訳
肝っ玉おっ母とその子どもたち　ブレヒト　岩淵達治訳

ドイツ炉辺ばなし集 —カレンダーゲシヒテン　ヘーベル　木下康光編訳
悪童物語　ルウドキヒ・トオマ　実吉捷郎訳
ウィーン世紀末文学選　池内紀編訳
ティル・オイレンシュピーゲルの愉快ないたずら　阿部謹也訳
大理石像・デュランデ城悲歌　アイヒェンドルフ　関泰祐訳
チャンドス卿の手紙 他十篇　ホフマンスタール　檜山哲彦訳
ホフマンスタール詩集　川村二郎訳
インド紀行 全二冊　ボンゼルス　実吉捷郎訳
ドイツ名詩選　生野幸吉・檜山哲彦編
蝶の生活　シュナック　岡田朝雄訳
聖なる酔っぱらいの伝説 他四篇　ヨーゼフ・ロート　池内紀訳
ラデツキー行進曲 全二冊　ヨーゼフ・ロート　平田達治訳
暴力批判論 他十篇 —ベンヤミンの仕事1　ベンヤミン　野村修編訳
ボードレール 他五篇 —ベンヤミンの仕事2　ベンヤミン　野村修編訳
パサージュ論 全五冊　ヴァルター・ベンヤミン　今村仁司・三島憲一・大貫敦子・高橋順一・塚原史・細見和之・村岡晋一・山本尤・横張誠・與謝野文子・吉村和明訳
ジャクリーヌと日本人　ヤーコプ　相良守峯訳
人生処方詩集　エーリヒ・ケストナー　小松太郎訳

第七の十字架 全二冊　アンナ・ゼーガース　山下肇・新村浩訳

《フランス文学》〔赤〕

ロランの歌　有永弘人訳
ラブレー第一之書 ガルガンチュワ物語　渡辺一夫訳
ラブレー第二之書 パンタグリュエル物語　渡辺一夫訳
ラブレー第三之書 パンタグリュエル物語　渡辺一夫訳
ラブレー第四之書 パンタグリュエル物語　渡辺一夫訳
ラブレー第五之書 パンタグリュエル物語　渡辺一夫訳
ピエール・パトラン先生　渡辺一夫訳
日月両世界旅行記　シラノ・ド・ベルジュラック　赤木昭三訳
ロンサール詩集　ロンサール　井上究一郎訳
エセー 全六冊　モンテーニュ　原二郎訳
ラ・ロシュフコー箴言集　二宮フサ訳
ブリタニキュス ベレニス　ラシーヌ　渡辺守章訳
ドン・ジュアン —石像の宴　モリエール　鈴木力衛訳
完訳 ペロー童話集　新倉朗子訳
カンディード 他五篇　ヴォルテール　植田祐次訳

哲学書簡　ヴォルテール　林達夫訳
ルイ十四世の世紀 全四冊　ヴォルテール　丸山熊雄訳
フィガロの結婚　ボオマルシェエ　辰野隆訳
美味礼讃 全二冊　ブリア-サヴァラン　関根秀雄・戸部松実訳
アドルフ　コンスタン　大塚幸男訳
近代人の自由と古代人の自由・征服の精神と簒奪 他一篇　コンスタン　堤林剣・堤林恵訳
恋愛論 全二冊　スタンダール　杉本圭子訳
赤と黒 全二冊　スタンダール　桑原武夫・生島遼一訳
ゴプセック・毬打つ猫の店　バルザック　芳川泰久訳
艶笑滑稽譚 全三冊　バルザック　石井晴一訳
レ・ミゼラブル 全四冊　ユーゴー　豊島与志雄訳
死刑囚最後の日　ユーゴー　豊島与志雄訳
ライン河幻想紀行　ユーゴー　榊原晃三編訳
ノートル＝ダム・ド・パリ 全二冊　ユーゴー　辻昶・松下和則訳
モンテ・クリスト伯 全七冊　アレクサンドル・デュマ　山内義雄訳
三銃士 全二冊　デュマ　生島遼一訳
エトルリヤの壺 他五篇　メリメ　杉捷夫訳

カルメン　メリメ　杉捷夫訳
愛の妖精（プチット・ファデット）　ジョルジュ・サンド　宮崎嶺雄訳
ボヴァリー夫人　全二冊　フローベール　伊吹武彦訳
感情教育　全二冊　フローベール　生島遼一訳
紋切型辞典　フローベール　小倉孝誠訳
サラムボー　全二冊　フローベール　中條屋進訳
未来のイヴ　全二冊　ヴィリエ・ド・リラダン　渡辺一夫訳
風車小屋だより　ドーデー　桜田佐訳
月曜物語　ドーデー　桜田佐訳
パリ風俗　サフォ　ドーデ　朝倉季雄訳
プチ・ショーズ　―ある少年の物語　ドーデ　原千代海訳
少年少女　アナトール・フランス　三好達治訳
神々は渇く　アナトール・フランス　大塚幸男訳
テレーズ・ラカン　全二冊　エミール・ゾラ　小林正訳
ジェルミナール　全三冊　エミール・ゾラ　安士正夫訳
獣人　全二冊　エミール・ゾラ　川口篤訳
制作　全二冊　エミール・ゾラ　清水正和訳

水車小屋攻撃　他七篇　エミール・ゾラ　朝比奈弘治訳
氷島の漁夫　ピエール・ロチ　吉氷清訳
マラルメ詩集　渡辺守章訳
脂肪のかたまり　モーパッサン　高山鉄男訳
メゾンテリエ　他三篇　モーパッサン　河盛好蔵訳
モーパッサン短篇選　高山鉄男編訳
わたしたちの心　モーパッサン　笠間直穂子訳
地獄の季節　ランボオ　小林秀雄訳
対訳ランボー詩集　―フランス詩人選（1）　中地義和編
にんじん　ルナアル　岸田国士訳
ぶどう畑のぶどう作り　ルナアル　岸田国士訳
博物誌　ルナール　辻昶訳
ジャン・クリストフ　全四冊　ロマン・ローラン　豊島与志雄訳
トルストイの生涯　ロマン・ロラン　蛯原徳夫訳
ベートーヴェンの生涯　ロマン・ロラン　片山敏彦訳
ミケランジェロの生涯　ロマン・ロラン　高田博厚訳
フランシス・ジャム詩集　手塚伸一訳

三人の乙女たち　フランシス・ジャム　手塚伸一訳
背徳者　アンドレ・ジイド　川口篤訳
法王庁の抜け穴　アンドレ・ジイド　石川淳訳
精神の危機　他十五篇　ポール・ヴァレリー　恒川邦夫訳
若き日の手紙　フィリップ　外山楢夫訳
朝のコント　フィリップ　淀野隆三訳
シラノ・ド・ベルジュラック　ロスタン　辰野隆・鈴木信太郎訳
地底旅行　ジュール・ヴェルヌ　朝比奈弘治訳
八十日間世界一周　ジュール・ヴェルヌ　鈴木啓二訳
海底二万里　全二冊　ジュール・ヴェルヌ　朝比奈美知子訳
結婚十五の歓び　新倉俊一訳
死靈の恋・ポンペイ夜話　他三篇　ゴーチエ　田辺貞之助訳
火の娘たち　ネルヴァル　野崎歓訳
パリの夜　―革命下の民衆　レチフ・ド・ラ・ブルトンヌ　植田祐次編訳
牝猫（めすねこ）　コレット　工藤庸子訳
シェリ　コレット　工藤庸子訳
シェリの最後　コレット　工藤庸子訳

生きている過去　レニエ　窪田般彌訳
ノディエ幻想短篇集　ノディエ　篠田知和基編訳
フランス短篇傑作選　山田稔編訳
シュルレアリスム宣言・溶ける魚　アンドレ・ブルトン　巖谷國士訳
ナジャ　アンドレ・ブルトン　巖谷國士訳
不遇なる一天才の手記　ヴォーヴナルグ　関根秀雄訳
ジェルミニィ・ラセルトゥウ　ゴンクウル兄弟　大西克和訳
ジュスチーヌまたは美徳の不幸　サド　植田祐次訳
とどめの一撃　ユルスナール　岩崎力訳
フランス名詩選　安藤元雄　入沢康夫　渋沢孝輔編
繻子の靴 全二冊　ポール・クローデル　渡辺守章訳
A・O・バルナブース全集 全二冊　ヴァレリー・ラルボー　岩崎力訳
悪魔祓い　ル・クレジオ　高山鉄男訳
楽しみと日々　プルースト　岩崎力訳
失われた時を求めて 全十四冊　プルースト　吉川一義訳
子ども 全二冊　ジュール・ヴァレス　朝比奈弘治訳
シルトの岸辺　ジュリアン・グラック　安藤元雄訳

星の王子さま　サン＝テグジュペリ　内藤濯訳
プレヴェール詩集　小笠原豊樹訳

岩波文庫の最新刊

バーリン著／川出良枝編
マキアヴェッリの独創性 他三篇

バーリンは、相容れない諸価値の併存を受け入れるべきという多元主義を擁護した。その思想史的起源をマキアヴェッリ、ヴィーコ、モンテスキューに求めた作品群。〔青六八四-三〕 **定価九九〇円**

川合康三編訳
曹操・曹丕・曹植詩文選

『三国演義』で知られる魏の「三曹」は、揃ってすぐれた文人でもあった。真情あふれ出る詩文は、甲冑の内に秘められた魂を伝える。諸葛亮「出師の表」も収録。〔赤四六-二〕 **定価一五八四円**

田中 裕編
北條民雄集

隔離された療養所で差別・偏見に抗しつつ、絶望の底から復活する生命への切望を表現した北條民雄。夭折した天才の文業を精選する。〔緑二二七-一〕 **定価九三五円**

正岡子規著
病牀六尺

『墨汁一滴』に続いて、新聞『日本』に連載（明治三五年五月五日―九月一七日）し、病臥生活にありながら死の二日前まで綴った日記的随筆。（解説＝復本一郎）〔緑一三-一〕 **定価六六〇円**

……今月の重版再開……

アンジェイェフスキ作／川上洸訳
灰とダイヤモンド（上）

〔赤七七八-一〕 **定価八五八円**

アンジェイェフスキ作／川上洸訳
灰とダイヤモンド（下）

〔赤七七八-二〕 **定価九二四円**

岩波文庫の最新刊

ジョン・スノウ著／山本太郎訳
コレラの感染様式について

現代の感染症疫学の原点に位置する古典。一九世紀半ば、英国の医師ジョン・スノウがロンドンで起こったコレラ禍の原因を解明する。
〔青九五〇-一〕　定価八五八円

森鷗外作
ウィタ・セクスアリス

六歳からの「性欲的生活」を淡々としたユーモアをもって語る。当時の浅草や吉原、また男子寮等の様子も興味深い。没後百年を機に改版、注・解題を新たに付す。
〔緑五-一三〕　定価五二八円

……今月の重版再開……

ザミャーチン作／川端香男里訳
われら

定価一〇六七円
〔赤六四五-一〕

高杉一郎著
極光のかげに
―シベリア俘虜記―

定価一〇六七円
〔青一八三-一〕

定価は消費税 10% 込です　2022.3